AF208740

ÅTERVÄNDARNA

Förord

Den 11 december 2010 inträffade två explosioner vid 16:30 tiden nära Drottninggatan i Stockholm. Den ena explosionen kom från en bil som var parkerad på Olof Palmes gata. Den andra kom från en självmordsbombare som av misstag utlöste en av sex sprängladdningar som han bar i ett bälte. Hans namn var Taimour Abdulwahab och hade sina rötter i Irak. Han var 28 år och gift med två barn. Han och hans fru var fundamentalistiska islamister. Taimour dog av skadorna och bilen började bara brinna, inte explodera som det var planerat. Endast två personer skadades lindrigt. Enligt uppgifter som framkommit vid utredningen var Taimour på väg till Centralstationen för att utlösa sitt bombbälte. Det har också framkommit att det fanns ett samband mellan honom och al-Quaida. Att båda sprängningarna misslyckades måste man beteckna som en osedvanlig tur för de julhandlande stockholmarna.

År 2010 pågick kriget mot talibanerna för fullt i Afghanistan och många länder även Sverige hade trupper där. På den tiden försökte talibanerna ta makten i vissa områden, nu är situationen mer komplicerad. När Islamska Staten (IS) kom in i bilden handlade det om att bilda en ny stat. Man kan säga att IS är en vidareutveckling av talibanrörelsen och al-Quaida är en del av denna rörelse. Det som skiljer dom från vanliga muslimer är att dom är fundamentalister och tolkar koranen på sitt eget sätt.

Efter år 2010 har Sverige i stort sett varit förskonat från liknande attentat. Men de flesta andra länder som varit involverade i konflikten i Afghanistan har blivit drabbade. Jag kan nämna länder som Frankrike, Danmark, England och USA. IS har fokuserat sig på att ockupera områden som redan har inre konflikter som försvagat dem militärt, länder som Syrien och Iran. Efter det sista attentatet i Frankrike har flera nationer gått in i Syrien och gett militär hjälp i form av vapen och flygstöd till den syriska armen, inofficiellt är också militärer där som "rådgivare". Sverige är ett av de länder som avser att medverka i den koalition som skall bekämpa IS. Det innebär givetvis att Sverige blir ett lika utsatt mål för terroristattacker som de tidigare nämnda länderna. Förutsättningarna för IS att rikta en attack mot Sverige har aldrig varit bättre. Det finns c.a 150 (kända) IS krigare som återvänt från kriget i Syrien, troligen är den siffran betydligt större. Samtidigt har det under 2015 kommit 170 000 flyktingar, de flesta utan papper. Hur många terrorister som kommit den vägen vet vi inte.

Vad vet vi om vilka mål i Sverige en eventuell attack skulle rikta sig mot? Från 11 sept. vet vi att det var andra gången World Trade Center var utsatt för en attack. Med tanke på att Taimours första mål var Centralstationen kan man anta att det är det fortfarande. De som känner svenskarnas rädsla för kärnkraftverk skulle nog inrikta sig på ett attentat mot ett av dom. Terroristattacker är ett mål att skrämma människor och länder till underkastelse och passivitet. Min bok är ett senare som jag hoppas att jag aldrig får uppleva men som jag tyvärr tror kommer att inträffa.

FSC
www.fsc.org
MIX
Papper från
ansvarsfulla källor
Paper from
responsible sources
FSC® C105338

© Bo Hansson 2016
Förlag: BoD – Books on Demand, Stockholm, Sverige
Tryck: BoD – Books on Demand, Norderstedt, Tyskland
ISBN: 978-91-7699-224-1

Kapitel 1

Ali vaknade med ett ryck och sträckte sig automatiskt efter karbinen som han alltid hade inom räckhåll. Efter ett och halvt års krigande i Syrien hade det blivit en reflex att vakna till främmande ljud. Det ljud som väckte honom var steg utanför källaren som var hans tillfälliga bostad. Skynket som täckte ingången lyftes och ett skäggigt ansikte blev synligt. "Du skall anmäla dig hos imamen" sade budbäraren. Ali nickade och reste sig och gäspade, han tittade på klockan och såg att den var sju på morgonen det innebar att han sovit ungefär fem timmar. Ali gick runt i byn som han inte sett i dagsljus och sökte efter en brunn så han kunde tvätta sig så han blev lite piggare. Byn bestod av ungefär tio hus eller husruiner, invånarna hade antingen flytt eller blivit dödade. Nu var det ett basläger för IS krigarna och Ali uppskattade att det kunde vara femtio man i byn men det var svårt att se för allt var väl kamouflerat. När han tvättat ansiktet vid brunnen som låg vid det lilla torget mitt i byn, styrde han stegen mot det hus han visste att imamen bodde i. Han blev mottagen av samma man som väckte honom tidigare och anvisades en stol framför ett skrivbord som stod mitt på golvet. Ali tände en cigarett och lutade sig tillbaka i stolen han lät tankarna vandra till det senaste dygnet som nog varit det värsta sedan han kom till Syrien. Gruppen som han var ledare för hade bestått av fem man, nu bestod den av två honom själv inräknat. "Jag ser att vi har den tappra krigaren tillbaka" sade en röst från dörren. Ali reste sig och visade sin respekt genom en lätt bugning. "Sitt ner för all del" sade imamen och slog sig själv ner bakom skrivbordet "det kommer strax te" sade han. Imamen såg inte ut som man förväntade sig han var mellan fyrtio och femtio år och klädd som en syriansk lantarbetare visserligen hade han skägg, men det hade de flesta här. Glasögonen gav honom en mer intellektuell framtoning men hans väderbitna ansikte skvallrade om att han vistades mest ute. De satt tysta en stund och rökte medan de väntade på att teet skulle komma. När dom fått det tog imamen till orda: " Jag beklagar händelsen i går när du fick tre av dina tappra krigare dödade av USA:s fega anfall med drönare, vi vet att du vidtagit alla tänkbara åtgärder för att undvika det så ingen lastar dig för vad som hänt. Tyvärr är det så att vi är hårt trängda när alla otrogna svin allierat sig och förser syriska armen med senaste vapen som mörkersikte och utsätter oss för drönarattacker hela tiden. Oljefälten som vi tagit har bombats så nu har vi inga pengar att köpa vapen för". Han gör en paus och tittar fundersamt på Ali. "Det är inget jag behöver informera dig om du har deltagit i strider här under lång tid och du vet det bättre någon annan." Ali kände sig obehaglig till mods, det imamen sade var snudd på förräderi och han undrade vad han ville komma, därför svarade han inte. "Högsta rådet" fortsatte imamen "har beslutat att vi skall slå till mot de länder som är med i alliansen och på så sätt tvinga dem att dra sig ur kriget. Vi har skickat IS krigare till England, Danmark, USA och Frankrike för att starta celler som utför sabotage och på så sätt få en inhemsk opinion som tvinga dem att dra sig ur kriget." Han fortsatte" Det är där du kommer in i bilden, jag vet att du är från Sverige och att du har sprängutbildning därför vill vi att du återvänder till Sverige och startar en terroristcell, fundera på det och lämna besked i eftermiddag" avslutade imamen. Jag behöver ingen betänketid sade Ali, jag har tänkt i samma banor och nu när min grupp är i det närmaste utplånad tror jag att jag tjäna Allah bäst på det sättet. Det gläder mig att höra sade imamen och tog fram en karta som han rullade ut på bordet. Han pekade på en punkt på kartan och sade att här är vi nu ca fyra mil från Ar-Raqqah och det är ungefär fem mil till Turkiets gräns. I kväll går en transport med ammunition och mat till den här platsen, han pekade på kartan, där är det bara tre mil till gränsen. Jag föreslår att du följer med den transporten och sedan kliver du av här, han pekar igen. De sista tre milen är du inte på IS kontrollerat område så du bör uppträda som en flykting, det finns mång i det området. Gränsen mot Turkiet måste du korsa illegalt men det är inte så hård bevakning i det området så på natten är nog det inget problem. Väl inne i Turkiet är det bara att ta flyg hem du är svensk medborgare med pass så de kan knappast hindra dig. Ali tyckte att det lät väl optimistiskt men han visste också att det var enda vägen så han sade inget utan nickade bara. Han reste sig och imamen kom fram och kramade honom och sade: "Gud är med dig, må du lyckas med ditt uppdrag".

Nu var det mycket Ali skulle ordna, han sökte upp den kvarvarande i gruppen, som hette Hassan, och berättade att han skulle resa bort samma kväll. Han sade inte vart han skulle resa och Hassan frågade inte heller. Sedan bytte han bort sin karbin, en AK4 mot en revolver. Det kändes inte bra karbinen hade varit hans trogna följeslagare sedan han kom till Syrien och han kände sig avklädd utan den. För att vara på den säkra sidan rengjorde han revolvern och provsköt den innan han lade ner den i ryggsäcken. För att se ut som en flykting valde han ut en klädsel som den inhemska befolkningen bar, de kläder han inte fick plats i ryggsäcken gav han till Hassan. Transporten han skulle följa med gick på kvällen, nu förtiden gjordes de flesta transporterna på natten. Anledningen var att drönarna är mindre effektiva i mörker, även om dom hade värmesökande raketer och kameror så hade dom svårigheter med att skilja mellan fordon och stenar som blivit uppvärmda av solen under dagen.

*

Alis bakgrund skilde sig säkert inte mycket från de 300 kända svenskar som rest till Syrien för att bli IS krigare. Båda hans föräldrar kom som flyktingar från Syrien och bosatte sig i Botkyrka på åttiotalet. Fadern hade haft tobaksaffär i Syrien och han startade en sådan affär i Botkyrka också. De hade två barn, Ali var äldst sedan en dotter som var tre år yngre. Skolgången var en katastrof, inte så att han hade svårt att hänga med utan undervisningen stördes så mycket av eleverna att det var i det närmaste omöjligt att studera. Nu spelade det inte så stor roll för Ali var inte i skolan så mycket. Han hängde med likasinnade kamrater i tunnelbanan och andra platser där de inte var någon kontroll på vad de gjorde. Det var en situation som garanterade ett utanförskap. När han lyckades avsluta skolan med urusla betyg, i den mån han hade några. Var vägen in på arbetsmarknaden tämligen avlägsen. Han hjälpte sin far i tobaksaffären en del, men det fanns inte arbete för två så mest drev han omkring med kamrater i samma situation. Hans far var troende muslim och gick regelbundet i den moské som byggdes i Botkyrka. Ali hängde med några gånger men hade svårt att engagera sig. Den grupp han undgicks med började en småskalig kriminell verksamhet som att stjäla cyklar och mopeder som sedan såldes på nätet. Vid ett tillfälle greps Ali på bar gärning, men han var minderårig så det blev bara en varning sedan fick fadern hämta honom från polisstationen. Ali var en källa till oro för fadern. Det gick några år sedan kom vändpunkten för Ali. Han hörde från några kamrater att en bekant till honom rest till Syrien för att bli IS soldat. Alla talade med respekt om hans mod att resa till kriget som av de flesta hade ett romantiskt skimmer över sig. Ingen han kände hade gjort värnplikten så de hade en naiv bild av kriget i Syrien. Ali som inte hade något mål eller något att engagera sig i blev mycket mottaglig för den propaganda som spreds på nätet av IS. Han fick tips om en man som hette Amid, som brukade vara i moskén, och att han kände till hur man skulle göra för att resa till Syrien och bli IS krigare. Han fick kontakt med Amid och efter en tid ordnade Amid en resa för Ali och tre kamrater till Turkiet. En person kontaktade dem på hotellet de bodde på när de kom i Turkiet och sedan åkte de buss till gränsen mot Syrien. På natten gick de över gränsen på ett säkert ställe som kuriren kände till. När de gått några timmar på syrisk mark blev de upphämtade av en lastbil som körde dem till ett IS läger

Kapitel 2

Konvojen som Ali skulle åka med startade i skymningen, den bestod av två små lastbilar och en pickup av märket Mazda. De åkte med en lucka på ungefär en km mellan bilarna för att inte alla skulle bli utslagna vid en eventuell attack från drönare. Ali satt på flaket på den sista lastbilen och packningen han hade låg i en ryggsäck. Han viste att han skulle få gå åtminstone två dagar i öknen så vatten var en stor del av packningen. Färden gick långsamt för inget av fordonen hade belysningen påslagen för att inte bli upptäckta. Landskapet de färdades var till stor del öken, men det fanns även stenformationer och på några ställen områden med taggiga buskar och kaktusar. Det satt ytterligare en man på flaket som Ali inte kände. Genom att sitta utanför förarhytten var det enklare att höra drönare och det gick snabbare att lämna bilen om de blev anfallna. De kunde se byar på avstånd, men bilarna åkte omvägar för att slippa passera genom dem. I början pratade Ali med mannen som han delade flak med men efter en stund dog samtalet ut och båda satt tysta och rökte. Vid några tillfällen stannade bilen och Ali hörde att de pratade i mobiltelefon i förarhytten. Ali lät tankarna vandra till den första tiden i "det heliga kriget".

Den första tiden i träningslägret upplevde Ali och de andra rekryterna som ett rent helvete och enda anledningen att ingen försökte rymma var att deras pass blivit beslagtagna vid ankomsten till lägret. De hade en föreställning av att de

skulle bli mottagna som hjältar när de anmälde sig frivilligt
för att deltaga i kriget. Men de blev hånade som "turist kri-
gare" av de etablerade IS krigarna. Det visade sig att de
flesta hade ett förflutet i Saddams arme och nu bytt sida.
Maten var dålig och bestod mest av bröd och en tunn sop-
pa med lite grönsaker och ändå mindre kött. Ali som var
van vid pizza och coca-cola, gick ner femton kilo den första
månaden. De fick sova i tält som var iskalla på natten och
alltför varma på dagarna, som liggunderlag hade de halm
och en filt och sömnen blev orolig. Det var också ont om
vatten så det var ytterst sällan de kunde duscha. Utbild-
ningen bestod mest av vapenträning, inte skjutning utan
rengöring och hopsättning av vapnet de fått sig tilldelat. Att
de inte fick skjuta berodde på att det var brist på ammunit-
ion. Som i instruktörer hade de underofficerare från Iraks
arme de skällde och kallade dem odugliga turister. Ali fick
en AK4.a en automatkarbin han efter en tid kunde plocka
isär och sätta samman med förbundna ögon. Det fanns gi-
vetvis inte öl eller sprit i lägret men andra droger som hasch
och marijuana fanns om man bara hade pengar och på kväl-
larna rökte de flesta på.

*

Då de hade åkt ungefär tre timmar stannade Alis bil och fö-
raren kom ut och sade till Ali att detta var den bästa platsen
att börja gå mot den turkiska gränsen. Han visade på kartan
var de var och gav Ali kartan. De var fortfarande på område
som var IS kontrollerat så Ali beslöt att gå så långt han
kunde innan det ljusnade. Bilen försvann i mörkret och Ali
tog ut en kompasskurs och började gå genom det tysta

landskapet. Han visste att risken var lika stor på den IS kontrollerade sidan som på de allierades sida. Risken för drönare när han inte färdades i något fordon var inte stor på natten, men han kunde bli skjuten av någon av IS vaktposter. Han gick ända till det började ljusna och då satte han sig skuggan av ett stort stenblock och försökte orientera sig på kartan. Det var inte så lätt för han hade inte kunnat gå i en rak linje utan måste göra omvägar för berg och bondgårdar. Vid ett tillfälle hade en hund börjat skälla så han fick göra en stor omväg. När han orienterat sig på kartan fann han att sträckan han tillryggalagt var mindre än han räknat med och han var fortfarande på IS kontrollerat område. Därför beslöt han sig för att ligga stilla under dagen och gå på kvällen igen. Han åt lite bröd och ost som han sköljde ner med vatten och lade sig för att få några timmars sömn. Men han hade svårt att somna, tankarna från kriget som börjat efter träningslägret malde i hans huvud.

Efter att ha varit två veckor i träningslägret placerades rekryterna ut i förband. Förbanden bestod av ungefär tjugo krigare och 4-5 fordon. Det var ofta fyrhjulsdrivna pickupper och lastbilar de flesta var i dåligt skick. Ledaren för förbandet kallades "kapten" men ingen bar uniform så de såg mer ut som ett rövarband än en militär enhet. Det visade sig senare att de inte bara såg ut som ett rövarband, de uppträdde också som ett sådant. Det kompani som Ali hamnade i hade fått en by som dom skulle ockupera. Fordonskaravanen satte sig i rörelse, det var på dagen för drönarna hade inte börjat angripa IS krigarna vid den tiden. Efter att ha kört några timmar i öknen närmade sig karavanen byn och ledaren kommenderade halt. Det syntes ingen rörelse i byn men ingen visste om den redan var intagen av syriska armen eller någon rebellgrupp. Alla fordon ställde sig på linje för att de skulle se ut som de var fler än de var. Ledaren sköt en salva i luften och ropade i en bärbar megafon att byn skulle kapitulera annars skulle byn beskjutas med artilleri. Efter en stund kom en man från byn fram med en vit flagga och IS krigarna körde in på det lilla torget med sina fordon. Byborna samlades på torget och ledaren talade till dem i sin megafon. Talet gick i princip ut på att byn låg i den muslimska staten nu och alla skulle leva efter sharialagar. Det innebar bland annat att kvinnorna alltid skulle bära burka och att koreanen skulle följas till punkt och prick. Vidare var det förbjudet att ha vapen, om vapen påträffades skulle ägaren och hans familj avrättas. Byborna såg skräckslagena ut men ingen sade något. Efter det började IS krigarna söka genom husen och tog allt som de ville ha, mat, kläder, klockor och allt av värde. I ett av husen hittade man ett gammalt gevär och ägaren till huset misshandlades och släpades, tillsammans med familjen, fram till kaptenen. Familjen bestod av en son i fjortonårsåldern och frun. Han drog fram sin revolver och siktade på mannen, men avbröt sig och ropade "var är den nya". Ali mer eller mindre knuffades fram till ledaren. " Nu skall du visa att du är en riktig IS krigare och ingen turist" sade kaptenen och räckte revolvern till honom. "Skjut den mannen sade han och pekade på mannen som låg på knä framför honom". Ali mådde illa och revolvern darrade i hans hand samtidigt som han kände pulsen dunka. Men han bet ihop tänderna och gick bakom mannen och sköt honom i bakhuvudet, han kunde inte se honom i ögonen. Mannen kastades våldsamt framåt och en stor blodpöl bildades runt hans huvud. Mannens fru och sonen skrek hjärtskärande och Ali vände sig om och sköt henne i ansiktet och sonen i bröstet. Båda föll baklänges och blev liggande orörliga. Ali begrep inte själv varför han skjutit sonen och modern, kanske var det att han inte klarade deras klagoskri. "Jag sade att du skulle skjuta mannen inte hela familjen" sade ledaren. I talet till byborna sade du att hela familjen skulle skjutas sade Ali, och det gjorde jag. När han gick bort till fordonen flyttade IS krigarna sig respektfullt och släppte fram honom utan spydiga kommentarer. När Ali var utom synhåll lutade han sig mot en bil och kräktes. Efter det var det ingen som kallade honom turist.

*

Efter några timmars orolig sömn beslöt Ali sig för att gå vidare trots att det var ljust. En anledning att han ville vidare så snabbt som möjligt var att han inte hade så mycket vatten och mat. Han tog ut en kompasskurs och fortsatte vandringen. När han gått några timmar kom han fram till ett plant ökenområde med en grusväg han måste korsa. Det var inte bra, han skulle bli synlig flera kilometer när han korsade ökenområdet och vägen. Han satte sig i skydd av några klippor drack lite vatten och väntade för att se om det var någon trafik på vägen. Det gick en timme och han hade inte sett någon som kom på vägen, så han beslöt sig för att fortsätta. Solen stod nu i zenit och värmen var olidlig och sikten minskades av hägringar som liknade vatten. När han korsade vägen såg han ett fordon som närmade sig i ett moln av dam. Han tog snabbt av sig ryggsäcken och tog fram revolvern som han lade överst i packningen. Sedan fortsatte han att gå och tvingade sig att inte öka takten. När fordonet kom närmare såg han att det var en sandfärgad jeep med två personer i. Ali hade kommit ungefär hundra meter från vägen när jeepen kom fram, den svängde av vägen och började köra mot honom. Ali stannade och inväntade dem, ungefär tio meter från honom stannade den och en uniformerad person klev ur fordonet den andra satt kvar och rökte båda var beväpnade med karbiner. Det var tydligen han som satt kvar i jeepen som var chefen "vem är du och vart är du på väg" frågade han myndigt. Ali slog ut med händerna och sade "jag är flykting, mitt hus förstördes av IS och alla i min familj är döda" han höll vädjande upp ryggsäcken och sade "detta är det enda jag äger och nu skall jag till Turkiet och arbeta". "Du vet väl att man måste betala för att gå till gränsen" sade den feta som satt i jeepen med ett hånfullt leende. "Jag har inga pengar, IS tog allt" sade Ali. Det är konstigt alla säger samma sak sade den feta, sedan har dom pengarna i skon, "ta av dig skorna" röt han. Ali tog av sig skorna och räckte dom till mannen som klivit ur jeepen. Denna tittade i skorna och skakade på huvudet "inga pengar sade han". "Skär sönder dom" sade den feta. "Nej stopp det är de enda skor jag har" sade Ali sedan stack han ner handen i ryggsäcken och sade "här har jag lite pengar" samtidigt som han sköt genom ryggsäcken mot den feta. Han hade tur kulan träffade i axeln och den feta tappade karbinen. Mannen som undersökte Alis skor började fumla med karbinen men Ali sköt honom i ansiktet på nära håll. Den feta försökte plocka upp karbinen från golvet men fann att han stirrade in i revolverns mynning. "Jävla svin"

sade Ali "ni får betalt för att hjälpa medborgarna i Syrien
men ni rånar och mördar dem i stället". "Jag trodde du var
en IS krigare" försökte den feta. Det är jag också sade Ali
och sköt honom i bröstet. Det var inte bra att stå med en
jeep och två lik nära vägen, det kunde komma fler gränspa-
truller. Ali hittade en bogserlina som han lade runt foten på
den döda gränsvakten och fäste i dragkroken sedan star-
tade jeepen och körde in bland kullarna, med liket på släp,
så han inte syntes från vägen. Han gick noggrant genom
fickor och facken på jeepen och hittade både smörgåsar
och vatten. I fickan på ledaren hittade han en ca 600 euro,
de hade tydligen rånat flera flyktingar. När han var klar med
det lade han liken i en naturlig sänka i marken och öste
sand över så kropparna inte skulle vara synliga från luften.
Sedan satte han sig i jeepen, lade i fyrhjulsdriften och bör-
jade köra mot gränsen. Han beräknade att det var ungefär
femton kilometer dit, när han kört ungefär halva sträckan
stannade han och gick upp på en kulle för att se om han
kunde se gränsen eller vägen som skulle gå längs den. När
han inte kunde det körde han ytterligare någon halvmil, det
gick långsamt för han fick hela tiden köra omvägar för att
undvika berg och vegetation. Sedan upprepade han manö-
vern och nu såg han en väg som löpte längs ett staket. På
vägen såg han att det färdades både fordon men också
människor som gick ofta med vagnar med sina ägodelar på.
Han märkte att alla var på väg åt samma håll så han antog
att det fanns en gränsövergång åt det hållet. Ali gick till jee-
pen och körde in den i ett buskage och täckte den med gre-
nar så den inte gick att upptäcka den från luften. Avslut-

ningsvis kastade han bort nycklarna och hällde sand i tanken han ville inte tända eld på den för det skulle dra till sig uppmärksamhet. När han var klar med det började han gå mot gränsen igen, när han var så nära att han såg vägen tog han fram revolvern och gömde den i sanden från och med nu var han en "vanlig" flykting. Det var ingen som reagerade när han anslöt sig till flyktingströmmen och började gå mot gränskontrollen. Han pratade med andra flyktingar och fick reda på att det var ungefär en halvmil till gränskontrollen. Där fick man vänta på att bli insläppt till den turkiska sidan, väntetiden varierade med hur många flyktingar som anlände under dagen. Det passade Ali bra för hans plan var att han skulle gå till lägret, från det måste det gå en väg till något samhälle i Turkiet, sedan skulle han på natten gå några kilometer från lägret och gå över gränsen. Därefter skulle han kunna gå till vägen på den turkiska sidan och få lift till närmaste samhälle. När han närmade sig gränskontrollen fann han att det såg ut som ett flyktingläger, det var flera hundra personer som var samlade och röda korset hade en station där man delade ut mat och vatten. De flesta hade ställt sig i en lång kö som slutade i en grind i staketet där gränsvakter från Syrien och Turkiet stod. Ali ställde sig i kön till röda korset depå. Efter en halvtimmes väntan fick han en talrik soppa och en burk kallt vatten. Efter det gick han runt och rekognoserade hur stängslet såg ut och hur bevakningen fungerade. Han kunde inte se någon form av tv-övervakning eller rörelsedetektorer, men det löpte en väg längs staketet på den turkiska sidan så han antog att det körde patruller som bevakade så inga obehöriga passerade stängslet. Stängslet var ungefär tre meter högt av typ Gunnebo med taggtråd längst upp. I efterhand hade rullar med taggtråd dragits längs staketets fot på den turkiska sidan. Anledningen var att man ej skulle kunna krypa under staketet. Ali var trött och beslöt sig för att få några timmars sömn och sedan när det var mörkt skulle han försöka passera stängslet. Han rullade ut sitt liggunderlag i skuggan några klippor nära gränsövergången och sov oroligt några timmar innan det började mörkna. Det första han gjorde när han vaknade var att äta och dricka ordentligt sedan kände han sig redo att fortsätta. Gränspassagen hade stängts men det stod två beväpnade vakter och kontrollerade att ingen försökte passerade den låsta grinden. På den syriska sidan var de fortfarande ett hundratal flyktingar som övernattade till nästa dag. Ali började gå på vägen han kommit på, förbi gränskontrollen i nordlig riktning, efter ungefär en timme vek han av mot staketet och började gå försiktigt. Området längs gränsen kunde vara minerat men troligen på den turkiska sidan i så fall, det var en risk han måste ta. När han kom fram till stängslet började han krypande följa det för att hitta en fördjupning i marken där han kunde åla sig under. Problemet var inte att ta sig under staketet utan att komma förbi den rullade taggtråden som låg på den turkiska sidan. Han fick söka länge i omgivningen innan han hittade en buske som han kunde skära av vid roten och få en pinne med en klyka på som var ungefär en halv meter lång. Nu var det bara att vänta och se om det kom någon patrull och mycket riktigt kom det en bil med hellyse på längs vägen på den turkiska sidan. Han såg bilen så tidigt att han gömma sig bakom några stenar till bilen passerat. Nu borde det vara lugnt någon timme, så han kröp fram till den plats han funnit tidigare och grävde ut med handen vid sänkan så han kunde lägga sig på rygg och med pinnen i ena handen och liggunderlaget virat runt den andra handen åla sig under staketet. Sedan lyfte han den rullade taggtråden med handen han hade liggunderlaget på och sköt in pinnen med den andra handen så det blev en glipa under taggtråden som var ungefär 60 cm. När han var klar med det kröp han tillbaka och hämtade rygg-säcken och sköt den försiktigt under staketet och taggtråden. Det var lite svårt att få den förbi pinnen, men det gick. Nu kom det kritiska momentet att själv passera staketet. Han lyssnade noga men hörde inget ljud så han lade liggunderlaget på bröstet och började åla sig på rygg först under staketet sedan under taggtrådsrullen. När han kom till pinnen, som satt i vägen, fick han lyfta taggtråden med liggunderlaget ta bort pinnen och flytta den så han kom förbi sedan sätta tillbaka den så han kunde fortsätta. Äntligen var han genom men än var inte alla problem lösta. Om det fanns trampminor så skulle de ligga i området mellan staketet och inspektionsvägen på den turkiska sidan, det var en sträcka på ca tjugo meter. Han tog på sig ryggsäcken och började krypa mot vägen samtidigt som han kände med handen försiktigt i svepande rörelse sedan kröp han en meter och så upprepade han manövern. När han kommit halvvägs hörde han motorljud från det håll bevakningsbilen åkt. Vad skulle han göra? Låg han kvar skulle han bli upptäckt med dunkande hjärta reste han sig och sprang de sista tio metrarna till vägen, korsade den och gömde sig i ett buskage samtidigt som strålkastarna lyste upp natten. De såg honom inte och

det berodde antagligen på att de var fokuserade på stake-
tet och inte på den sidan Ali låg. Strålkastarskenet försvann
i natten och Ali andades ut han var i Turkiet.

Kapitel 3

Ali visste inte om området han sprang över var minerat, om så var fallet hade han haft tur. Hans närmaste mål var ett samhälle som hette Sanlufa som låg ungefär sex mil från gränsen. Samhället var så stort att han borde hitta hotell och bussförbindelse till Ankara. Med hjälp av kompassen tog han ut en kurs som skulle föra honom till vägen som gick mot Sanlufa. Det hade varit en ansträngande resa och han kände sig utmattad, han skulle behöva bo på ett hotell och vila sig och köpa kläder. Han gick en bit till men beslöt sig för att stanna och vila tills det ljusnade och det var enklare att ta sig fram. När han vaknade i gryningen drack han ur det som var kvar av vattnet och åt den sista maten och började gå den återstående etappen. Efter att ha gått någon timme kom han till en smal grusväg som gick i den riktningen som skulle, han började gå längs den. Ali hade tur för nästan genast dök det upp en traktor med en vagn med något som såg ut som betor på. Han vinkade och fick åka på vagnen och kom slutligen fram till den större vägen som gick till Sanliufa, där fick han hoppa av. Nu gällde det att få lift men han viste att han såg ut som en lodis, smutsig, orakad och hår som gick till axlarna. Vägen var asfalterad och ganska livligt trafikerad han började följa den samtidigt som han höll upp tummen var gång en bil passerade. Men ingen stannade och han började bli desperat, han kunde inte gå fem mil i värmen utan vatten. Efter att ha gått någon mil kom han till en liten bensinmack, han stannade och fick dricka vatten och satte sig i skuggan och vilade. Det kom med jämna mellanrum in bilar som tankade och Ali försökte räkna ut vilken han skulle ha chans att få lift med. Slutligen kom det en liten lastbil med en äldre man och en yngling i tjugoårsåldern, antagligen far och sån. På flaket stod det lådor med frukt. Han sprang fram och försökte förklara att han var flykting från Syrien och att han skulle till Sanliufa, kunde han få åka på lastflaket. De tittade skeptiskt på honom men när han tog fram en sedel nickade den äldre att det gick bra. Det var skönt att sitta i vinddraget och se jordbrukslandskapet glida förbi, snart ökade bebyggelsen och han förstod att det inte var långt kvar. Slutligen körde bilen in på ett litet torg och Ali förstod att de var framme. Han tackade för skjutsen och började leta efter en frisör. Även frisören såg skeptisk ut tills han visade pengar men Ali hade vant sig vid att människor tydligen dömer efter utseende. Han beställde rakning och klippning och han var själv förvånad över hur utseendet förändrades när frisören var klar. Sanningen att säga var han ganska nöjd med sitt utseende, hans regelbundna ansiktsdrag märktes mer när han blivit smalare och håret blev mörkare när de solblekta ytterhåren klipptes bort. Den enda skönhetsfläcken var ett ärr på axeln som han fått av granatsplitter och att solbrännan var koncentrerad till övre delen av ansiktet. Han var 175 cm lång men såg längre ut när han blivit smalare, nu återstod det att göra något åt kläderna. Nästa anhalt var en klädbutik, men där köpte han bara en träningsoverall som han genast tog på sig och de gamla kläderna lade han i en plastpåse. Nu såg han genast mer presentabel ut och väckte ingen uppmärksamhet när han gick runt och sökte efter ett hotell. När han hittade ett litet hotell nära centrum var det inga problem med att checka in och visade sitt svenska pass, portieren undrade artigt om han var på semester men han svarade att han arbetat som volontär vid gränsen. Han passade också på att fråga om det gick bussar till Ankara och portieren informerade om att det gick bussar varje förmiddag från torget. Hotellrummet såg ut som hotellrum gör i hela världen men det enda som han var intresserad av var att det fanns ett eget badrum med dusch. Han stod säkert en halvtimme i duschen och lät det varma vattnet strila över kroppen och spola bort ökendammet. Efter det kände han sig avslappnad för första gången på flera dygn. Han lade sig på sängen och slumrade till, men vaknade med ett ryck och var alldeles svettig han hade haft mardrömmar om kriget han just kommit från. Minnena kom över honom, i början var det ofta operationer som den första han var med om. Syriens arme var omotiverad och dåligt utrustad och gav sig ofta utan strid i början, ofta lämnade de vapen och proviant när IS krigarna kom och flydde. Men efter hand fick de bättre vapen och de korrupta officerarna byttes ut och motståndet blev ett helt annat. Det var ett blodigt inbördeskrig där inga fångar togs. Från början var det IS som stod för grymheterna i form av mord och våldtäkter, det var IS taktik att skrämma fienden med sin grymhet. Man filmade t.ex. mord och lade ut på nätet. Men våld föder våld och snart hade alla inblandade parter anammat det konceptet. De inblandade förutom syriska trupper och IS var motståndsrörelsen mot regimen och kurderna. Ibland samarbetade IS med motståndsrörelsen men oftare bekämpade de varandra. Ali hade varit med om att avrätta syriska soldater som kapitulerat men han hade också hittat IS krigare som avrättats. I en stridssituation är alla rädda det som skiljer "modiga" från "fega" är hur man reagerar, några sprang andra tog skydd. Ali handlade rationellt i strid, han tog skydd och hade tålamod att vänta ut fienden. Det uppfattades av befälen och hans status steg. En stor del av kriget bestod av att minera områden eller desarmera minor på nya ockuperade platser, det var ett farligt jobb som ingen egentligen ville göra. Befälet lät Ali arbeta med en "minexpert" för att det var brist på krigare som kunde minera och röja minor. Minexperten fann i Ali en motiverad och lättlärd elev och efter två månader kunde Ali börja arbeta på egen hand. En typ av försåtminering som var mycket effektiv var att ha mobiltelefoner som utlöste minor. När IS krigare tvingades att lämna ett område lade man sprängmedel med detonator kopplad till ett batteri. Sedan kopplade man en mobiltelefon så när man ringde anslöts batteriet och utlöste sprängmedlet. Bomben placerades på strategiska platser som utrymme som kunde användas till matsal. Sedan fick en spejare från IS ligga och bevaka området och utlösa bomben när så många som möjligt var där. För första gången i sitt liv kände Ali att han var respekterad och den propagandan IS krigarna fick höra hela tiden gjorde honom till en troende fanatisk muslim. Efter tio månader blev han befordrad till gruppchef för en grupp med fem man och två fordon. Deras främsta uppgift var att desarmera och aptera minor.

När han vaknade på morgonen kände han sig utsövd, han åt en god frukost på hotellet och gick ut på staden och handlade kläder, underkläder tandborste och en liten väska som gick som handbagage på flyget. Samtidigt gick han till busshållplatsen och kontrollerade när bussarna gick. Det gick en buss klockan åtta och resan skulle ta tio timmar för det var över sextio mil till Ankara. På kvällen gick han på ett badhus och njöt av att ligga länge i det varma vattnet. Den natten sov han utan mardrömmar och han köpte några smörgåsar och vatten att ha som proviant under bussresan. Som tur var visade det sig vara en ny buss med luftkonditionering och bussen var bara halvfull så det blev en ganska bekväm resa de fick också tillfälle att sträcka på benen när chauffören stannade för rökpaus. När bussen anlände till Ankara var klockan sex och Ali gick genast till en resebyrå och lyckades få en biljett till Arlanda nästa dag. Flyget skulle avgå ett på dagen men Ali skulle vara på flygplatsen vid tolvtiden. Efter att ätit middag i "ett hål i väggen" hittade han ett billigt hotell nära bussterminalen, han noterade att han fick ett helt annat bemötande när han hade nya kläder och inget skägg. När han duschat och ätit frukost på morgonen hade han gott om tid till han skulle vara på flygplatsen så han tog buss. Det var en stor och modern flygplats och han fick leta för att hitta rätt incheckningsdisk, det var ett turkiskt flygbolag som han skulle resa med. Incheckningen var inget problem men han som stod vid disken verkade förvånad av att han inte hade något bagage. Ali förstod att om det skull bli problem så skulle det bli vid passkontrollen han hade fortfarande gott om tid så han tog en cigarett och beundrade det vackra golvet med figurer av olika stensorter som fanns i ankomsthallen. När han kom till passkontrollen bläddrade vakten i passet, tittade på honom och fortsatte att bläddra sedan lyfte han telefonen och sade något. "Kan du vänta en minut" sa han till Ali. Han fick vänta tio minuter sedan kom en vakt och tog passet från den första vakten och visade in Ali till ett litet kontor som låg i anslutning till passkontrollen. Han fick sätta sig på en besöksstol framför ett skrivbord där vakten slagit sig ner, även denna vakt bläddrade genom passet och tittade värderande på Ali utan att säga något. Sedan lyfte han på telefonen och sade något på turkiska, Ali trodde sig ha hört ordet IS men var inte säker. Sedan lutade sig vakten bakåt och tände en cigarett, fortfarande utan att säga något. "Jag missar planet" sa Ali när det gått några minuter. Vakten hånlog och sade "det är nog ditt minsta problem". Efter ytterligare några minuter kom det in en man som tydligen var chef för kontrollen på flygplatsen och för tredje gången granskades passet sedan pratade han med den första vakten på turkiska. "Du är IS krigare" sade han plötsligt och vände sig till Ali, som skakade på huvudet och sade att det framgår av passet att jag varit i Turkiet ända sedan jag kom för ett och halvt år sedan. "Var har du bott? Och var har du gjort under den tiden?" frågade vaktchefen. Jag har varit turist och rest runt i erat vackra land och en tid var jag volontär och hjälpte röda korset vid gränsen mot Syrien jag har bott på olika ställen hela tiden. Vaktchefen var tyst en stund sedan sa han; "du har förändrats mot passfotot, du kan inte uppge var du bott och har endast ett handbagage efter att du varit i Turkiet så länge." Vi skall kontrollera med svenskarna om de har något på dig sade han och vände sig till den andra vakten med orden "lås in honom" varefter han gick. "Jag vill träffa den svenska ambassadören" ropade Ali efter honom men han

bara ryckte på axlarna och gick. Nu fick han lägga från sig
plånbok och skärp sedan låstes han in i en liten cell bredvid
förhörsrummet. Han satt länge och begrundade sin situat-
ion såvitt han visste hade han inget som band honom till ti-
den i IS, så det var bara att förneka för de hade inga bevis.
Något bättre till mods lade han sig på sängen, som var den
enda möbeln i cellen, sedan lyckades han sova några tim-
mar. Vid femtiden kom vakten med en matbricka och sade
att han skulle få stanna över natten. Ali upprepade att han
ville träffa ambassadören men vakten svarade inte utan
sade att vill du gå på toaletten har du en hink under sängen
sedan avlägsnade han sig. Det blev en lång natt, eftersom
han sovit på dagen hade han svårt att somna och han var
röksugen för de hade tagit hans cigaretter. På morgonen
fick han kaffe men vakten svarade inte när han frågade hur
länge han skulle sitta i cellen eller om de hade kontaktat
ambassaden. Vid tiotiden kom vakten och hämtade honom
och förde in honom till förhörsrummet som han varit i da-
gen innan. Där satt redan vaktchefen med några papper
framför sig som han demonstrativt bläddrade i, efter en
stund tittade han upp och lade pappren åt sidan. "Vi vet att
du är IS krigare men vi har inga bevis" sade han sedan fort-
satte han "vi har varit i kontakt med svenskarna och de har
heller inget som bevisar att du är IS krigare". "Men du skall
veta att om du sätter din fot i Turkiet en gång till kommer
du att bli arresterad, vi har satt dig på en lista för inte önsk-
värda. Det innebär att du genast går in till gaten, vi har bo-
kat om biljetten, så du lämnar Turkiet 13:00 och jag hoppas
jag slipper se dig mer" med de orden gick han. Ali hade
svårt att inte visa hur lättad han var men när han passerat

sista kontrollen drog han en suck av lättnad. Timmarna som han fick vänta på planet fördrev han med att tvätta och raka sig och att äta en dyr lunch. Flygresa tog ungefär fyra timmar och det kändes lyxigt att bli serverad mat och bara sitta slappna av efter strapatser i Syrien och Turkiet. Han funderade också på vad han skulle säga till föräldrarna och bekanta i Botkyrka, att han inte skull säga rent ut att han krigat i Syrien hade han bestämt tidigare men han hade ingen lust att undgås med sina tidigare kamrater för det skulle äventyra uppdraget. Därför skulle han säga att han blivit en troende muslim, då skulle också fadern bli glad och hans tidigare vänner skulle ta avstånd från honom. Till slut slumrade han till och vaknade av att högtalaren förkunnade att säkerhetsbältena skulle sättas på för inflygningen för landning hade påbörjats. När han tittade ut genom fönstret såg han att träden var gula, det var höst i Sverige och han fick en känsla av att han faktisk saknat den klara luften, skogarna och den blå himlen.

Kapitel 4

Hemkomsten blev känslosam hans mor grät och hans far
hade svårt att hålla tårarna tillbaka. "Vi har inte hört av dig
på ett och ett halvt år vi trodde att du blivit dödad i det
hemska kriget i Syrien" snyftade hans mor. Det var mycket
som hänt när han var borta, hans syster hade gift sig och
flyttat hemifrån och skulle få barn om tre månader. Hans
mor hade varit sjuk och legat på sjukhus, hon hade svår
astma och skulle aldrig bli helt återställd men hon kunde
vara hemma om hon tog sina mediciner. Det blev en impro-
viserad fest, fadern ringde runt till bekantar och meddelade
den glada nyheten, snart var lägenheten full av besökare
och Ali fick berätta vad som hänt flera gånger. Den historia
han berättade var att han kommit till Turkiet med den ins-
tällningen att han skulle kriga med IS men han hade fastnat
vid gränsen nästan en månad innan han lyckat ta sig över,
när han väl var i Syrien hade han blivit kontaktad av IS och
efter en tid hade han äntligen kommit till ett träningsläger.
Felet var att allt verkade så oorganiserat de fick knappast
någon mat och vapnen var så få att de fick vara flera man
på varje vapen. Till slut bombades lägret av drönare och då
beslöt han att återvända hem, men det var inte lätt att
komma in i Turkiet. Han fastnade i ett flyktingläger under
en månad innan han lyckades ta sig in i Turkiet och under
den tiden fick han mat och vatten av Röda Halvmånen en
muslimsk motsvarighet till Röda Korset. Han lärde känna
många av dem som arbetade som volontärer där så han
stannade och hjälpte dem som volontär vid gränsen under

tio månader. Det var de som hjälpte honom med biljett till hemresan. Han hade funderat länge på hur han skull berätta vad han gjort under tiden han var borta. De flesta trodde honom men han märkte att hans gamla kamrater såg besvikna ut, de hade väntat sig något mer när "hjälten" kom tillbaka från kriget. Att hans syster gift sig var bra nu fick han ett eget rum och han beslöt att bo hemma tills vidare. Ali berättade också att under tiden som volontär hade han blivit troende muslim och att han i fortsättningen skulle gå regelbundet i moskén. Det var naturligtvis något som gladde hans far och mor och hans far påpekade att det var på tiden han hittade en muslimsk flicka och skaffade sig familj. Ali höll med men sade att han måste hitta ett riktigt jobb först så han kunde skaffa en lägenhet och försörja sin familj. Kriget hade förändrat honom och han märkte symtomen först i efterhand. Han hade ofta svårt att sova och vaknade av mardrömmar alldeles svettig utan att först veta var han var. En annan symtom var att han hade svårt med impulskontrollen han kunde brusa upp och uppträda aggressivt för minsta motgång, han försökte behärska sig men det var svårt. Höga ljud och särskilt ljud som påminde om explosioner fick honom att rycka till och börja kallsvettas. Det var en posttraumatisk reaktion efter kriget och han kunde naturligtvis inte gå och få någon hjälp för det utan att erkänna att han deltagit i kriget.

*

Efter den första tidens uppståndelse började livet flyta i sina gamla fåror han gick regelbundet till moskén och började se sig om efter jobb, de gamla vännerna umgicks han allt mindre med. I moskén träffade han också Amid, som varit kontaktman då han reste till Syrien, han höll fortfarande på att rekrytera IS krigare, och han var uppdaterad på Alis uppdrag. Amid höll med Ali att det viktigaste var att han skaffade sig en täckmantel i form av jobb och så småningom bostad, det var möjligt att Ali hade polisens ögon på sig efter att han gripits av turkiska polisen. När det kom återvändare som skulle hjälpa Ali skulle de kontakta Amid och inte Ali så inget samband skulle finnas mellan Ali och återvändaren. På arbetsförmedlingen såg det mörkt ut, Ali hade varken praktik eller referenser att hänvisa till och betygen var snarare en belastning än en tillgång. Att han sedan ville ha ett jobb som gav en viss frihet gjorde inte saken bättre. Men han fick en ide när han såg alla telefon och elförsäljarna i Hallunda centrum, genom att prata med en försäljare fick han kontakt med ett telebolag som lanserade telefoner och olika typer av abonnemang. Han sade att han kunde arbeta på provision en tid så kunde de senare tala om fast anställning och det gick telebolaget med på, men Ali ställde som krav att han ville välja plats att arbeta på. Det gick de också med på och Ali valde Skärholmen där det var mycket folk. Det gick trögt i början, men Ali var målinriktad och det visade sig att han hade en viss talang för försäljningsyrket. Hemligheten var att inte planlöst fråga alla som gick förbi utan välja ut "offer" där han hade chans att få något sålt. Lättast att sälja var till unga kvinnor gärna med invandrarbakgrund han såg bra ut och kunde vara charmig då han lade den sidan till. Fördelen med att arbeta på provision var att han kunde komma och gå som han ville och det passade honom bra. En annan fördel var att det var

lätt att få kontakt med kvinnor som han kom i kontakt med
på jobbet, han hade många tillfälliga kontakter med både
muslimska och svenska kvinnor men han undvek längre re-
lationer för han hade sitt uppdrag att tänka på. Han hade
kommit till Sverige på hösten och vintern var i antågande
och det var en årstid som fick honom att sakna Syrien. Ali
levde i två världar, en när han är i moskén och undgås med
sina nya muslimska vänner och en när han agerar försäljare
i inomhuscentret, för det senare fordras det att han är välk-
lädd och framfusig. Vistelsen i moskén stärker honom i hans
tro och får honom att fokusera sig på uppdraget. Han tän-
ker ofta på framtiden, vad händer efter uppdraget? Som
han ser det skall IS slutligen segra och bilda en ny egen stat
där kämpar som han skall belönas för sin insats. Men det
förutsätter att de allierade länderna drar sig ur kriget, och
det är Alis uppgift att se till att Sverige gör det. Två måna-
der senare får han reda på att en IS krigare är på väg, det är
också en återvändare och han kommer ursprungligen från
Göteborg. Han reser utan papper och pass och avslöjar inte
att han kan svenska utan uppger sig vara "vanlig" asylsö-
kande när han kommer till Sverige skall han försöka hamna
på ett asylboende i Stockholm, han reser givetvis under
falskt namn. Alis far har flera gånger påpekat för honom att
det är dags att hitta en muslimsk kvinna att gifta sig med.
En dag säger han till Ali att de är bjudna till en bekant som
bor i Tumba och som kommer från samma by som fadern,
de har förresten en dotter som är giftasvuxen, tillägger han.
Ali förstår att fadern har planer på att få honom att gifta sig
med en passande kvinna men han låtsas inte om det. Familj-
en de skulle besöka bodde i ett invandrartätt område i en

stadsdel som hette Storvreten och låg på gångavstånd från pendeltågsstationen. Huset de bodde var byggt under miljonprogrammet med långa böjda huskroppar och omgivet av lekplatser och gräsmattor, området hade rustats upp men var fortfarande en invandrarförort. Lägenheten låg på tredje våningen och efter hälsningsceremonin slog de sig ner runt matbordet och började tala om gemensamma vänner. Ali tittade i smyg på dottern, Nessa som hon hette, som satt mitt emot honom. Hon deltog inte i diskussionen utan satt sedesamt med nedslagen blick. Hon var ganska lång och inte särskilt vacker och Ali fick en känsla av att hon inte var särskilt intresserad av honom och det passade honom bra. Maten var god och efter det tog man te i vardagsrummet. Flickans fader sade" ni ungdomar kan ju ta en promenad i området medan vi sitter och pratar minnen som inte intresserar er". Det var egentligen mot alla regler att de skulle få gå ut ensamma utan "förkläde" som passade dem, men man få ta seden dit man kommer. När de kom ut i hissen tog Nessa, som flickan hette, av sig duken hon hade över håret och tog ett tuggummi och började fingra på mobiltelefonen, utan att säga något. Väl ute på gatan nickade hon mot en park och sade vi kan gå dit, där syns vi inte från lägenheten. De gick, fortfarande under tystnad, till parken och Nessa satte sig på en bänk och Ali slog sig ner bredvid. Har du en cigarrett frågade hon och Ali gav henne en cigarrett och tände själv en. Ali var lite konfunderad det var inte vanligt att muslimska kvinnor rökte. När de rökt en stund sade Nessa plötsligt "vet du om att våra föräldrar planerat att vi skall gifta oss ända sedan jag föddes". Ali höll på att tappa cigarretten, vem har sagt det fick han bara fram.

Morsan sade Nessa och log men farsan vet inte att jag vet
så du får inte säga något. Ali nickade och visste inte vad han
skulle säga. Jag tänker själv bestämma vilken jag skall gifta
mig med, fortsatte Nessa och jag har faktiskt en svensk
pojkvän men det vet mina föräldrar inte om. Vad händer
när de får reda på det? Undrade Ali och tillade blir det "he-
ders relaterat våld". Nessa skrattade och sade att det blir
ett jävla liv men inget våld, farsan är i grund och botten väl-
digt snäll. Jag har precis samma inställning som du sade Ali
och båda log lättade. Jag har ett förslag sade Ali, vi låtsas
att vi börjar hålla kontakt med varandra så kan du fortsätta
träffa din pojkvän och farsan slutar tjata om att jag skall
skaffa en lämplig flickvän, för syns skull kan vi slå en signal
någon gång för du verkar trevlig. Hon log mot honom och
plötsligt tyckte han att hon var riktigt söt. På vägen hem
frågade fadern i förbigående om vad han tyckte om Nessa
och Ali svarade att hon var trevlig och att de skulle hålla
kontakten, då log fader belåtet.

Ali fick besked att återvändaren var på väg så han började
planera för uppdraget. Det första han behövde var bil för
det var i bilen han och den blivande kumpanen skulle träf-
fas i och uppdraget var inte genomförbart utan bil. Han
lyckades övertyga sin far om att han behövde bil för att
kunna åka till olika ställen för att öka försäljningen, dessu-
tom hade han nu en inkomst så han kunde betala amorte-
ringar så det var bara handpenningen han behövde låna.
Fadern gick med på det så han köpte en begagnad Passat,
och fick känslan av att han påbörjat sitt uppdrag. Utöver bil
behövde han någon plats där han kunde förvara material i

form av sprängmedel samt en arbetsbänk där han kunde tillverka bomberna. Han funderade länge till han kom på att hyra ett förråd var lösningen. Nu när han var bilburen var inte avståndet till förrådet det viktigaste utan att det var svårt att spåra som bestämde platsen. Valet föll slutligen på Shurgard i Södertälje där han hyrde ett litet förråd på två kvadratmeter. Han fick in en liten arbetsbänk men tyvärr fanns det inget el-uttag men det löste han genom att koppla kablar till belysningen i taket. Nu var allt klart så när den nya IS krigaren kom kunde dom påbörja sitt uppdrag.

Kapitel 5

Den IS krigare som skulle hjälpa Ali hette Ibrahim och kom från Göteborg. Han var i tjugo femårsåldern, ganska liten till växten men kraftigt byggd och skarpskurna ansiktsdrag och mycket tystlåten men när han sade något verkade det väl genomtänkt. Han hade gjort ungefär samma resa som Ali men han hade förlorat sitt pass och fick därför resa med flyktingströmmen. Under två år hade han krigat i Syrien och han hade blivit skjuten i benet, det hade läkts dåligt eftersom IS hade brist på läkare. Det gjorde att han haltade lätt och inte kunde gå längre sträckor och det var antagligen anledningen att de skickat just honom. Hans resa till Stockholm hade varit lång och strapatsrik, flera gränser hade varit stängda och han fick passera gränserna illegalt. När han äntligen kommit till Köpenhamn visade det sig att Sverige inte längre tog mot papperslösa men han kunde ändå resa till Sverige tack vare att han kunde svenska. Han gick helt enkelt till färjan som gick till Sverige och köpte en biljett och eftersom han gjorde det på svenska var det bara att åka över och gå till en flyktingförläggning. När han skrivit in sig angav han ett falskt namn och menade att hans bror redan var i Stockholm, de kunde inte finna hans brors namn i listorna på dem som rest till Stockholm men han tjatade så till slut fick han en tågbiljett dit. Väl i Stockholm blev han inskriven under sitt falska namn och hänvisad ett flyktingboende i Salem, strax utanför Stockholm. Det passade honom bra för det var på rätt sida av staden. När han var där ringde han Amid och berättade att han var på plats och var

han bodde, de bestämde också en tid när Ali skulle hämta
upp honom och de kunde påbörja planeringen på alvar.

*

Ali hämtade honom några hundra meter från flyktingför-
läggningen för att de som bodde på förläggningen inte
skulle se och känna igen bilen. Han körde till en kyrkogård
nära E4 där det var folktomt, där satt de och pratade om ti-
den i Syrien och det kommande uppdraget. Ali hade papper
och penna och de gjorde en lista på vad de skulle göra och
vad som skulle köpas. Ali märkte att han gillade Ibrahim,
han hade det värre än Ali med hela släkten i Göteborg som
han inte kunde besöka utan var tvungen att spela flykting i
Stockholm utan chans att träffa dem. Ändå klagade han inte
utan verkade helt fokuserad på uppdraget. De kom fram till
att det första de måste ordna var sprängmedel ingen av
dem hade kontakter i Sverige som de kunde köpa av så det
återstod att stjäla. Antingen stal man från byggen eller
transporten till byggen eller från de som sålde dynamiten.
Att stjäla från försäljningsstället strök de genast där var det
antagligen för mycket larm och övervakning. Då återstod
att försöka med byggplatser så de beslöt att åka runt till
olika byggplatser och för det fordrades bygghjälm och ove-
rall, det skulle Ali ordna. De satt under två dagar och körde
runt till alla byggplatser de kunde hitta utan att få någon
chans att komma över dynamit och tändare. Vid några plat-
ser pågick sprängning men de kunde inte komma åt spräng-
medlet för det var antingen inlåst i kraftiga förvaringsskåp
eller så var det för mycket folk i närheten. Slutligen gav de
upp och beslöt sig för att försöka råna en bil som körde ut

sprängmaterial. Ali googlade på nätet på olika leverantörer av sprängmedel. Han hittade en fabrik som låg i ett skogsområde utanför Eskilstuna som skrev i annonsen att de körde ut sprängmedel på beställning. Han och Ibrahim åkte dit och rekognoscerade. Vid den stora byggnaden som antagligen var ett centrallager var det en lastkaj och långtradare backade in mot kajen och stora lådor kördes ombord med truck. Men det kom också mindre skåpbilar där förarna lastade in mindre lådor och Ali antog att det var transporter som skulle gå ut i närområdet så de följde efter en som lämnade fabriken. Det blev en ganska lång resa som slutade vid byggplats i Järna. Där såg de att lådorna lastades ut och bars in i en byggbarack där det antagligen lades i förvaringsskåp. Nu viste de hur de skulle göra; de skulle vakta vid fabriken och när det kom en lämplig bil skulle de följa efter den och råna den vid något lämpligt ställe. Men det fordrades två saker för det, en stulen bil som de kunde lämna och vapen att hota föraren med. Då de kom tillbaka kontaktade Ali Amid och sade att han behövde mer pengar för att köpa vapen. Men Amid menade att de kunde få pengar genom att råna någon affär, Ali brusade upp "jag har inte lämnat kriget i Syrien för att råna affärer och riskera hela projektet" får jag inte pengar till utgifter för vapen och material till bomber får du utföra attentatet själv", med de orden gick han därifrån. Redan efter några timmar ringde Amid och sade att det var klart han skulle få pengar till vapen men bil var de tvungna att ordna själva. Det är inte så lätt att stjäla moderna bilar, på filmer böjer de sig ner och kopplar två trådar och så startar bilen. Så fungerade det

kanske för tjugo år sedan men inte i dag. Men Ali hade fun-
derat ut ett enklare sätt, vid parkeringen vid Coop var det
en firma som slog upp ett tält och lagade stenskott på vind-
rutan. Det gick till så att under ett tälttak ställde de bilen
och med särskild utrustning tryckt mot stenskottet som ge-
nererade punkt värm fick de bort stenskottet. Kunderna
som ville ha stenskott lagade körde fram bilen och gav
nyckeln till reparatören som lade den i en skål, som stod på
ett litet bord bredvid tältet. Sedan fortsatte han att arbeta
med bilen som stod inne. Ali och Ibrahim körde fram Alis bil
nära ståndet och satt och väntade på att det skulle komma
en lämplig kund. Efter en stund kom det en dam med en
Volvo, hon pratade med reparatören en stund, och pekade
på bilen, han nickade och lade nyckeln i skålen och damen
gick. Ali gick fram till bordet och tog en broschyr som han
bläddrade i och reparatören återgick till arbetet. När mon-
tören vände ryggen till och började montera utrustningen
tog Ali nyckeln ur skålen och gick bort till Volvon och körde
därifrån och Ibrahim följde efter i Alis bil. De körde till ett
industriområde som låg i Tumba och parkerade bilen. På
kvällen monterade de skyltar som de stulit från en annan
Volvo så om polisen gjorde en slagning i datorn stämde bil-
märket. När de var klara skrattade Ibrahim och sade "du
skulle låtit honom laga fönstret innan du tog bilen" och
båda skrattade. Nu fattades bara en revolver att hota föra-
ren med, som körde ut sprängmedel, den skulle köpas för
pengar Ali fått av IS. Han sökte upp en av kamraterna som
han undgåtts med innan han reste till Syrien. Det var en
kamrat som fortsatt den kriminella banan och som Ali visste
fått en grundläggande utbildning under ett år på Hågas

fångvårdsanstalt. Ali förklarade att han kände sig hotad och att han behövde en revolver för att försvara sig med. Hans kamrat hade full förståelse för han problem och lovade att han skulle kontakta en "polare som har sådana grejer" och återkomma. Ali lovade att han skulle få provision om det blev någon affär, detta för att involvera honom så han inte sprang och pratade bredvid mun. Kompisen lovade att återkomma. Några dagar senare ringde hans före detta kompis och sade att han hade en revolver med en ask ammunition på gång. Han och Ali åkte till en adress i Södertälje och träffade en yngling som visade sig vara kurd. Han hade en väska och visade Ali att han hade en revolver i den. Ali frågade hur mycket han skulle ha för den. Han menade att åtta tusen var det normala priset. Efter att ha prutat en stund var priset nere i sex tusen kronor och Ali accepterade det under förutsättning att den fungerade. De satte sig i Alis bil och åkte Nynäsvägen en bit. Sedan körde de in på en skogs väg och Ali provsköt revolvern, den fungerade. Han körde båda tillbaka och gav kompisen tusen kronor i provision. Nu var de redo att hämta sprängmedel.

Veckan efter besöket i Tumba där Ali träffat Nessa ringde hon utan att vilja något särskilt men de pratade länge om allt möjligt och beslöt att hålla kontakten Nessa sade att hon inte hade några syskon så Ali var lite av en bror för henne. Också Ali tyckte det var trevligt att prata med henne men han hade svårt att acceptera att hon var med en "svenne". I hans kretsar var hon en "svenskhora" men han sade inget, det var inte hans problem. Det var bra att ha kontakt med henne för deras föräldrar trodde att de skulle gifta sig.

Nu var det dags för att lösa det sista problemet, att råna sprängmedelstransporten. De tog både Alis bil och den stulna Volvon och körde till Eskilstuna, där de parkerade Alis bil och fortsatte med Volvon till sprängmedelsfabriken. Den sista biten till fabriksområdet var en smal och lite trafikerad väg, det var där rånet skulle utföras. De ställde bilen så att den inte syntes från fabriken vänd i den färdriktning som bilen med sprängmedel skulle köra och Ali gick in i skogen och smög fram till platsen där han kunde se lastrampen, där var ingen bil inne. Det hade blivit vinter nu men som tur va var det ingen snö så det var lätt att ta sig fram i skogen. Det var kallt att vänta och tiden kröp fram. Det kom en lastbil och backade in mot rampen och började lasta men de var inte intresserade av den. Plötsligt körde det fram en skåpbil och föraren bar in fyra lådor samt ytterligare en mindre låda. Det var vad Ali väntat på, han sprang till billen ryckte upp dörren och ropade nu kommer den. De startade motorn och körde i hög fart mot den plats de beslutat att rånet skulle ske och tvärstannade så det blev långa bromsspår och bilen blev stående snett över vägen. Både Ali och Ibrahim drog på sig rånarluvor och Ibrahim lade sig framför hjulen på Volvon så det såg ut som en olycksplats. Ali sprang tillbaka tjugofem meter och gömde sig bakom en tät gran med revolvern i handen, nu gällde det, det fick inte komma någon annan bil från någotdera hållet. Men de hade tur efter några minuter dök skåpbilen upp. Den sänkte farten och stannade ungefär tio meter från "olycksplatsen". Ali rusade fram till bilen och slet upp dörren och riktade revolvern mot huvudet på föraren. Föraren hade inte sett Ali för han var helt fokuserad på "olyckan" så han blev helt överraskad och satt orörlig. Ok hit med mobilen och sedan kliver du ur bilen skrek Ali och drog ut föraren från förarplatsen. Nu hade Ibrahim också kommit och dom knuffade föraren till skåpbilens baksida och öppnade bakdörren. Där var det ytterligare en grov gallerdörr och innanför låg lådorna som det stod "Dynamit" på. Öppna grinden röt Ali "jag har inte nyckeln" försökte föraren. Ibrahim tvingade ner honom på marken och Ali tryckte revolvern mot hans bakhuvud och spände hanen med ett klickande ljud. "Stopp jag har nycklarna i fickan" skrek föraren och rösten skar sig av skräck. De låste upp grinden och Ibrahim bar över lådorna till Volvon och satte sig i den. Ali kontrollerade att det inte fanns någon mer mobiltelefon eller komradio i skåpbilen sedan tog han bilnyckeln och lämnade den chockade chauffören och sprang fram till Volvon. De startade med en rivstart och körde med hög fart mot Eskilstuna. Rånet hade bara tagit några minuter och de hade haft tur att ingen kommit när det pågick. De förstod att poliserna skulle sätta upp vägspärrar så snart de fick reda på rånet så de körde snabbt bilen till den plats där Ali parkerat sin bil och flyttade över dynamiten till hans bagagelucka. Volvon lämnade de kvar efter att tidigare torkat bort alla fingeravtryck så den skulle inte kunna spåras till dem. När de var klara med det körde de i lugnt tempo till centrum och parkerade bilen i ett parkeringsgarage och gick och åt lunch. Under tiden de åt hörde de sirener från polis-

bilar som körde utanför och när de ätit klart gick de om-
kring i ett inomhuscentrum och såg på en TV att en polisjakt
pågick efter ett rån mot transportbil. Det hade varit två gär-
ningsmän så Ali och Ibrahim delade på sig och åkte var och
en för sig till Stockholm med tåg. Ali skulle komma några
dagar senare och hämta bilen. Två dagar senare åkte Ali till-
baka till Eskilstuna med tåg, med sig hade han några tomma
säckar som det förvarats matjord i. Han lade dynamitlå-
dorna i jordsäckarna så vid en snabb kontroll såg det ut som
matjord köpt från någon stormarknad. Hemresan med bilen
gick utan problem och han körde dynamiten och tändhat-
tarna direkt till sitt förråd på Shurgard. Nu var den svåra de-
len av anskaffning av material till bomberna klar nu skulle
han köpa övrigt material han behövde som mobil telefoner,
strömbrytare, lödkolv och lämpliga väskor. Han kom över-
ens med Ibrahim att de inte skulle ses på fjorton dagar för
under den tiden skulle han tillverka bomben.

Det var en mycket stressig tid för Ali, förutom arbetet med
bomben måste han arbeta med försäljningen av telefoner
och abonnemang för att kunna försörja sig och betala till-
baka till fadern pengarna han lånat. En dag ringde Nessa
och Ali hörde genast att något var fel, hon berättade snyf-
tande att fadern kommit på att hon var med en svensk och
blivit vansinnig och slagit henne. Hon var nu inlåst i sitt rum
och fick inte gå ut eller till skolan hon gick i, men de hade
glömt ta hennes telefon därför ringde hon för hon hade
ingen annan att ringa till. Ali var tyst en stund sedan frå-
gade han vad hon tänkt att han skulle göra? Hon ville att

han skulle prata med fadern och förklara situationen för honom. Han ansåg att Ali och hon hade "sällskap" och att hon svikit Ali och då skulle fadern automatiskt "tappa ansiktet". Ali svarade att han skulle fundera på saken men han kunde inget lova, det var trots allt en affär mellan henne och fadern. När samtalet var slut svor Ali, det här var det sista han behövde, han ville inte bli indragen i något familjebråk. På kvällen åkte han hem till Nessa och ringde på, det var fadern som öppnade och han såg stressad ut. Ali föreslog att de skulle ta en promenad för han hade några saker han ville prata om. Fadern nickade och tog på sig kläderna och gick ut i den kalla skymningen. När de gått en bit stannade Ali och berättade att Nessa ringt och berättat vad som hänt. Han sade att det var mycket olyckligt men att han respekterade Nessa för att hon varit så ärlig. Fadern lyssnad under tystnad; sedan suckade han och sade att hon var en skam för familjen. Ali svarade inte utan tog fram cigaretterna och bjöd fadern på en och de rökte medan han funderade. Sedan sade han; "jag förstår dit dilemma, din dotter har dragit skam över din familj men jag och eran familj är de enda som vet vad som hänt, inte ens min far vet något. Givetvis kan jag inte gifta mig med din dotter, men jag lovar att inte föra vidare vad som hänt på så sätt kan både du och jag gå vidare utan att förlora våran heder". Fadern funderade en stund och sedan nickade han och skakade hand på det. "Hur du skall göra med din dotter är ditt beslut, du är familjens överhuvud, men var inte för hård. Sådana här saker händer alla ungdomar som inte lever efter den heliga skriften" sade Ali. När han körde tillbaka var han nöjd med hur

det utvecklat sig och han beslöt sig för att aldrig kontakta
Nessa mer.

Kapitel 6

Det var ganska mycket som skulle köpas för att kunna bygga bomben, det viktigaste var tre mobiltelefoner av märket Nokia av en äldre enkel modell. Anledningen var att han använt sådana i Syrien och visste hur de skulle kopplas. Han ville inte köpa alla på samma ställe så han fick åka ganska mycket innan han fick tag i tre stycken med kontantkort. Övrigt el material han behövde hittade han på Biltema och väskorna på Jula. Väskorna var av samma storlek som pilotväskor men av galon och med lås, de liknade den typ av väskor som man förvarar teknisk utrustning i och det var det som var meningen. En annan sak han måste testa innan han började bygga bomben var om tändhattarna fungerade med dynamiten de stulit. För att testa det skar han en liten bit av en dynamitstav och tog den tillsammans med en tändhatt och ett batteri och åkte ut i skogen och gick en bit in i skogen. Sedan försäkrade han sig om att det inte var några människor i närheten och tog fram sprängmedlet som han hade i en ryggsäck. Dynamiten hade en konsistens av modellera så han gjorde en klump runt tändhatten och kopplade två elkablar som var ungefär tio meter långa till de kablar som satt på tändhatten. Sedan lade han dynamiten i ett vattenfyllt dike och ställde sig i skydd av ett träd. Han visste egentligen inte hur kraftig explosionen skulle bli och han hade lagt det i vatten för att dämpa ljudet. Nedhukad bakom trädet kopplade han elkablarna till ett batteri som han hade och det hördes en dov knall och han kände vibrationer i marken. Han gick fram till diket och fann att

det blivit en grop med en diameter på ungefär en halv me-
ter. Nöjd med resultatet plockade han upp materialet och
lade det i ryggsäcken, det verkade fungera så nu var det
bara att tillverka bomben.

*

En kväll några dagar senare när Ali kom hem från jobbet
kom fadern in i hans rum och var upprörd." Polisen har
ringt och de vill prata med dig" sade han. Ali blev alldeles
kall "vad vill de mig" fick han slutligen fram. Jag vet inte
sade fadern men de ringde först hit och pratade med din
mor sedan ringde de till affären och gav mig ett telefon-
nummer som du skulle ringa sade han och räckte en lapp till
Ali. Fadern fortsatte "du har väl inte gjort något kriminellt?"
Ali försökte skratta men hörde själv hur falskt det lät; "det
är antagligen någon kontroll för att de tror jag varit med
och krigat i Syrien och polisen stoppade mig i Turkiet men
jag skall ringa dem." Den natten hade han svårt att sova
han låg och grubblade på vad polisen hade på honom, det
enda kriminella han gjort var rånet av sprängtransporten
men hur skulle de kunna se ett samband med honom? Han
var säker på att de inte lämnat några fingeravtryck i bilen.
Han ringde telefonnumret han fått på morgonen och en
kvinna svarade och undrade om han kunde komma till po-
lisstationen i Tumba klockan tre. Han frågade vad det var
frågan om men hon svarade undvikande att de bara hade
några frågor de ville ha svar på. Det var underligt, om de
hade något på honom hade de antagligen kommit och häm-
tat honom. Den trista tegelbyggnad som låg centralt i

Tumba liknade inte en polisstation och när han kom in i receptionen såg han först ingen människa. Men sedan kom en kvinna i trettioårsåldern från ett angränsande rum och frågade efter hans namn. Det visade sig att det var hon som ringt och hon presenterade sig som Eva Dahl och visade in Ali i ett litet kontorsrum med ett skrivbord, två stolar och en bokhylla med en massa pärmar. På skrivbordet stod den en datorn och den var påslagen. Eva såg inte ut som en tuff polis utan snarare en kontorist i polisuniform. Hon slog sig ner bakom datorn och nickade mot stolen att han kunde sätta sig. Hon bläddrade i datorn några sekunder sedan sade hon; "känner du någon kvinna som heter Nessa Shamel som bor i Tumba?" En sten föll från Alis bröst och han försökte att inte se så lättad ut och nickade. Eva fortsatte "för tre dagar sedan kom hon hit till polisstationen och sade att hon rymt hemifrån, att hon varit inlåst flera dagar och att hon blivit misshandlad av sin far, något som bekräftades av skador hon hade, vid förhöret kom ditt namn upp. Vet du något om det?" Ali tänkte efter en stund sedan berättade han vad som hänt utan att utelämna något och avslutade med att påpeka att familjen Shamel kom från samma by i Syrien och att de var vänner med hans familj. Av den anledningen ville Ali inte vittna om det blev rättegång, han var partisk. Eva nickade och berättade att Nessa nu bodde på ett skyddat boende, åtal skulle väckas mot fadern men Ali skulle förmodligen inte behöva vittna men hon kunde inte lämna någon garanti. Det han berättat stämde med vad Nessa berättat så egentligen hade hon inga fler frågor. Men när du ändå är här har jag faktiskt en fråga till, när jag slog upp ditt namn på datorn så upptäckte jag att vi har en förfrågan från turkiska polisen. De antyder till och med att du varit IS krigare och blev gripen på flygplatsen i Ankara. Har du några kommentarer om det? Ali visste inte hur mycket turkarna skrivit i sin förfrågan så han berättade samma historia som han berättat för turkiska polisen. Sedan sade han "det är kaos där så de griper folk planlöst. Så i själva verket var de nog ute efter mutor, när de inte fick det höll de mig kvar." Han kunde inte se om hon trodde på honom men hon avslutade mötet med att "det var allt för denna gången." På väg från polisstationen funderade han; hade de ögonen på honom? Antagligen inte, för då skulle de inte ha nämnt förfrågan från Turkiet, men han skulle i fortsättningen se om han var skuggad.

*

Nu skulle han börja tillverka bomberna. Den här gången var det viktigt att de verkligen fungerade för han skulle inte få någon andra chans. Han öppnade försiktigt två av mobiltelefonen och drog med en pincett fram trådarna som gick till den del i telefonen där ringsignalen satt. Sedan klippte han av dem och lödde in en förlängnings sladd. Den i sin tur kopplade han till en reläenhet, den kopplade han till batteriet han köpt och en lampa som han också köpt för att se om det fungerade. Slutligen drog han en sladd från batteriets minuspol till lampan. Nu skulle det fungera så att när han ringde till mobiltelefonen som skulle sitta i bomben reagerade mobiltelefonen genom att skicka en signal till telefonens ljud enhet, men den var bruten så signalen gick till reläfunktionen som i sin tur slöt kretsen över lampan och tände den. Det var en koppling han gjort i Syrien och det brukade fungera så när han slog telefonnumret till telefonen i väskan och lampan tändes blev han inte förvånad. Han gjorde om testen flera gånger och det fungerade i båda väskorna, för att vara på den säkra sidan ringde han till Ibrahim och lät honom ringa till de två mobilerna som låg i väskorna och det fungerade då också. På Biltema hade han köpt en låda med spik som han skulle lägga runt dynamiten för att öka sprängverkan. I locket på väskan gjorde han ett hål där han satte en liten strömbrytare som var kopplad till elkabeln som gick till tändhatten. Han ville kunna säkra väskan när de transporterade den. Han ville inte bli sprängd i luften av en telefonförsäljare som slog fel nummer. När det var klart fyllde han väskan till två tredjedelar med dynamit blandat med spik i den övre tomma delen av väskan var batteri mobiltelefon och strömbrytare. Det sista momentet att koppla bort lampan och ersätta den med tändhatten väntade han med. Dagen efter träffade han Ibrahim. De hade inte träffats på fjorton dagar så Ali frågade hur det fungerade på asylboendet. Det är kris sade Ibrahim, vi måste läsa svenska två timmar varje dag och det är jobbigt att hela tiden låtsas att man inte kan svenska och inte försäga sig. De andra på boendet har inte lärt sig säga mer än "jag är glad att vara i Sverige" under de två veckorna vi läst. När den unga lärarinnan lutade sig över en marockan för att visa honom något i boken tog han henne på brösten. Hon rusade ut och sedan kom hennes chef med en tolk och sade så gör man inte i Sverige. Sedan frågade han marockanen varför han gjort så och då svarade han "jak vile bara knula". Ali och Ibrahim skrattade så tårarna rann och Ibrahim sade att den nya lärarinnan tydligen var förvarnad för hon gick aldrig nära eleverna och båda skrattade igen. Sedan blev Ali alvarlig, när det här är klart kan du resa till Göteborg och träffa dina anhöriga och jag skall ligga lågt en tid. Sedan återvänder jag till Syrien som skall bli mitt nya hemland. Men först har vi jobb som skall göras och jag har tänkt att vi skall åka till Forsmark några dagar nästa vecka och planera hur vi skall komma in och placera bomben. Kan du få ledigt några dagar från svenskundervisningen? Ibrahim log och sade att det nog inte var något problem. Han skulle bara säga att han skulle titta på ett jobb det är alltid populärt. De bestämde att Ali skulle hämta honom nästa tisdag tidigt på morgonen så skulle de köra direkt till Forsmark och orientera sig. sedan kunde de åka in till Östhammar och ligga över och återvända till Forsmark dagen efter. Om de då hade en plan klar kunde de återvända till Stockholm onsdag kväll. Ali påpekad också att de skulle se så "Svenska" ut som möjligt alltså inget skägg och propert klädda. Om de blev tillfrågade varför de var så intresserade tänkte Ali säga att han var frilansjournalist som skulle skriva om "Att bo i kärnkraftens skugga".

*

Klockan var sju när Ali hämtade Ibrahim och utfarten mot Norrtälje gick i värsta rusningstrafik. Först när de passerat avfarten till Täby släppte köerna. De satt båda tysta för ingen av dem var van att gå upp så tidigt. Det var Ibrahim som bröt tystnaden "har du någon plan om hur vi skall ta oss in på området" frågade han. Ali funderade en stund innan han svarade att han var övertygad om att det var mycket hård kontroll och den enda lösningen han kunde se var att kapa en bil som var på väg dit och ta passerkortet från föraren och klä sig i samma kläder som han hade. Men det fordrades att föraren hade en viss likhet med dem. Därför skulle de först åka fram till grinden vid huvudentrén och se hur det fungerade med infart av fordon. Efter Norrtälje fortsatte de av mot Östhammar och där stannade de och åt en tidig lunch.

Kapitel 7

När de ätit klart diskuterade de hur arbetet skulle läggas upp och kom fram till att de skulle åka till Forsmark och orientera sig men innan de åkte bokade de ett dubbelrum på ett vandrarhem som låg i Östhammar. Det var endast ca två mil till kärnkraftverket så de var där vid ett tiden. De följde pilarna som angav vägen till huvudentrén. De tre reaktorbyggnaderna syntes på långt håll och de gav ett mäktigt intryck i verkligheten var de större än de såg ut på bild. Slutligen kom de fram till en asfaltsplan med två portar in mot området. Ali vände bilen och körde tillbaka. Han sade till Ibrahim att vi åker runt och orientera oss sedan åker vi till infarten. Det är inte bra att vi syns flera gånger av vakten. Under två timmar körde de runt i området kring kärnkraftverket och undersökte hur nära de kunde komma, men de fann att det var mycket svårt att komma i närheten. Vid några tillfällen lämnade de bilen och gick in i skogen för att se om de kunde komma närmare den vägen men de möttes bara av höga stängsel som antagligen var larmade. Och de kunde se att det fanns belysningsstolpar inne på området och det satt säkert övervakningskamrer i dem. Slutligen sade Ali att försöka komma in någon annan väg än genom huvudingången kan vi glömma. De körde tillbaka till huvudentrén och parkerade bilen en bit före infarten för bilar. De satt och studerade hur det fungerade när en skåpbil med varor anlände. Först körde den in genom porten sedan kom en vakt och tittade i bilen och granskade legitimationen som föraren hade. Sedan fick föraren gå in i en låg byggnad som låg i anknytning till infarten efter en stund kom han ut och satte sig i bilen och körde in på området. Ali klev ur bilen och gick fram till vakten som stod vi infarten. Han hälsade och log och frågade om de kunde få komma in på området för det skulle vara roligt att se ett kärnkraftverk, byggnaderna var verkligen imponerande. Vakten såg först reserverad ut men Alis avväpnande sätt fick honom att tina upp. Tyvärr går det nog inte, det här är säkert en av Sveriges mest bevakade platser, det fordras att man har någon kontaktman på verket men jag vet inte allt om kraven så du kan gå in på receptionen och prata med damen som sitter vid disken. Han tackade och gick in i byggnaden som han sett föraren till transportbilen gå in i. Det fanns mycket riktigt en receptionsdisk, och han kopplade på charmen och gick fram till disken där en blond kvinna i hans egen ålder satt. Han upprepade vad han sagt till vakten och tillade att han och hans kollega var försäljare som jobbat några dagar i Gävle men nu var på väg hem till Stockholm. Det märktes att hon var smickrad av hans uppmärksamhet och hon förklarade omständigt att det var i det närmaste omöjligt att komma in om man inte hade giltiga skäl eller någon som arbetade där som bjudit honom. Han fortsatte att prata med henne och sade att det var naturligt att de hade lika hård kontroll som exempelvis flygplatser. Hon nickade och sade att kontrollen var mer omfattande där än på flygplatser, de kontrollerade t.ex. fingeravtryck vilket de inte gjorde på flygplatser. Han fick också en bunt broschyrer om kärnkraftverket och kontroller för att komma in på området. Han tackade och gick ut till bilen. De tog bilen och körde några hundra meter på vägen tillbaka och stannade utom

synhåll från huvudentrén och parkerade. Ali berättade vad
han fått reda på men han sade inget om kontrollen av fin-
geravtryck sedan sade han att nu är klockan tre och snart
börjar firmabilar och entreprenörer åka hem vi står kvar här
och antecknar firmanamn och reg. nr på de bilar som läm-
nar Forsmark. Mycket riktigt det började komma bilar dels
privata men också firmabilar. När strömmen av bilar börja
de tunnas ut kom en vit skåpbil med texten "ALLRENT AB" i
grönt med stora bokstäver på båda sidorna. Ali startade bi-
len och följde efter den; "varför följer du efter den bilen"
undrade Ibrahim. Jag tror att det är den lämpligaste bilen
att kapa sade Ali. Vi skall följa efter den och se var firman
ligger och om det finns någon lämplig plats att kapa den på
längs vägen. Färden gick mot Östhammar och slutligen
stannade bilen utanför en lagerbyggnad med en grön skylt
som det stod "ALLRENT AB" på. Det klev ut en man i deras
ålder och storlek det som skilde honom var att han hade
ljusare hårfärg än de. Det är den bilen vi skall kapa sade Ali
men vi måste skugga honom i morgon och se om han åker
till Forsmark då också. Det var inte långt till vandrarhem-
met så de åkte dit och duschade och rakade sig sedan gick
de en sväng i det lilla samhället. I anknytning till det lilla
centrumet låg det en pizzabar och de tog var sin pizza och
en öl. Muslimer dricker inte, men nu var på uppdrag och
skulle smälta in i miljön. De kunde motivera sitt öldrickande
med det, dessutom var det gott. Det var helt dött på kvällen
i Östhammar så de gick till rummet och lade sig tidigt efter
att ställt mobiltelefonen på väckning klockan sex. Ali sov
oroligt på natten och drömde om de jättelika reaktorhal-
larna, hur han blev gripen vid huvudentrén och de tog hans

fingeravtryck. När han vaknade med ett ryck av mobilens ilskna pipande var det fortfarande mörkt ute och han kände sig inte utvilad men han kravlade sig upp och de packade skyndsamt sina få tillhörigheter och gick till bilen. De hade betalat på kvällen. Halv sju stod de parkerade så de såg städfirmans parkeringsplats. Det stod endast två bilar parkerade utanför så de antog att firman inte var så stor. Efter en halvtimme kom en kvinna ut och satte sig i den ena bilen och körde iväg, men det var inte den bilen de sett vid Forsmark så de fortsatte att vänta. En kvart senare kom en privatbil och parkerade bredvid firmabilen som var kvar. Personen som klev ur var samma som de sett kvällen innan. Han gick in på firman och hämtade en dammsugare och några paket som han lastade in i firmabilen innan han startade och körde sin väg. De antog att de visste var han skulle så de gav honom ett försprång, när de närmade sig Forsmark ökade Ali farten och de fick syn på skåpbilen när den svängde in på avfarten till kärnkraftverket. De höll ett stort avstånd till den framförvarande bilen och Ali stannade utom synhåll för vakterna vid entrén och sprang ut och ställde sig så han kunde se hur firmabilen passerade entrén. När bilen stannade framför bommarna kom en vakt ut och sade något till chauffören, troligen att han skulle öppna bakdörren. Chauffören klev ur bilen och öppnade bakdörren och vakten tittade in några sekunder och nickade varefter bilen fick passera bommarna och köra fram till nästa bom. Där klev chauffören ur bilen och försvann i byggnaden som Ali varit inne i dagen innan. Det tog några minuter sedan kom han ut och satte sig i bilen och körde in på området, Ali hade sett det han ville se och gick tillbaka till bilen.

Nu åker vi och äter lunch sedan kan vi åka hem sade han
när han startade bilen och de åkte tillbaka mot Stockholm.
Under resan tillbaka redogjorde Ali för sin plan men han
nämnde inget om att fingeravtryck skulle lämnas vid kon-
trollen, han var rädd att Ibrahim skulle hoppa av om han
fick reda på det. Ibrahim lyssnade uppmärksamt och kom
med några frågor sedan sade han att det säkert skulle
kunna fungera.

Kapitel 8

Tillbaka i Stockholm var det några saker som skulle ordnas, han tog kontakt med sin arbetsgivare och fråga de om han kunde flytta sin försäljningsverksamhet en provperiod till Gävle, han hade varit där några dagar och det såg bra ut. Efter en del tjafsande från arbetsgivaren, det var ett annat område o.s.v. gick de med på det. En annan sak som skulle göras var att modifiera bomberna. Han köpte två små tryckströmbrytare som han monterade på väskorna, genom att ansluta dem med pluspolen och tråden som skulle gå till detonatorn. Det var en nödlösning om han blev tagen med väskan kunde han utlösa bomben genom att trycka på knappen och förvandla sig till en självmordsbombare. Men sedan var det fingeravtrycken, han funderade och slog på nätet men han kunde inte komma på hur han skulle göra. Han mindes någon gammal James Bond film där James satt tape med fingeravtryck på fingrarna och på så sätt lurat en fingeravtrycksavläsare. Men det var på film, det fanns säkert inte i verkligheten. Men så slog det honom att han inte behövde visa rätt fingeravtryck, det räckte med att få vakten att tro att det av någon anledning inte fungerade med hans fingeravtryck. Om han smetade någon typ av lim som var svår att få bort på händerna så skulle han kanske kunna få dem att tro att det var därför fingeravtrycken inte fungerade. Ali åkte till en järnaffär som han viste var välsorterad och frågade efter ett lim som var beständigt mot vatten och kemikalier helst svart, han skulle täta ett läckage i badrummet sade han. Biträdet tog fram en liten tub "superlim" som också hade ett super pris och sade att det var det effektivaste. Men det fanns bara genomskinligt och brunt. På etiketten stod det att det var snabbtorkande och inte fick komma på huden, det verkade lovande så han köpte den bruna varianten. Han testade när han kom hem och smetade lite lim på handen, det stelnade nästan genast på grund av att huden var varm. Sedan var det nästan omöjligt att få bort det, varmt vatten och tvål fungerade inte så till slut fick han fukta det med kemiskt ren bensin och skrapa bort det med en kniv, han trodde att det skulle fungera. Nu var han redo att påbörja operationen så han kontaktade Amid och berättade att de närmaste dagarna skulle attentatet ske och att han skulle varsko IS så de kunde förbereda ett uttalande så snabbt som möjligt efter attentatet. Han fick också pengar för utgifter i samband med operationen.

*

Det en del andra saker som skulle ordnas, han klistrade en stor dekal med texten "BONVAX" på väskan sedan laddade han alla batteri till mobiltelefonerna och slutligen bytte han ut lampan i väskan till en detonator som han körde ner i sprängmedlet. Han pratade med Ibrahim om hur de skulle gå vidare och de kom fram till att de skulle starta från Stockholm sent på kvällen och vara utanför ALLRENT AB vid sextiden på morgonen. Till sina föräldrar hade Ali sagt att han skulle till Gävle för att sälja mobiltelefoner och att han inte viste hur länge de skulle vara borta. Han och Ibrahim åkte först till förrådet och hämtade sprängväskan och en del övrigt som de behövde sedan fortsatte de till ett hotell vid Arlandas flygplats. De tog in, med falska namn, på ett dubbelrum och betalade i förskott. De sade att deras plan skulle gå tre på natten så de skulle lämna rummet redan vid tvåtiden. Väl inne i rummet tog Ali fram hårfärg som han köpt, det var en mellanblond färg som mannen som körde städ bilen haft. De följde instruktionerna på flaskan noga och färgade också ögonbrynen, sedan blåste han håret torrt med en hårtork. Resultatet var inte direkt imponerande men han såg mer "nordisk" ut och han skulle bli mer lik städaren nu. Båda var så gripna av stundens alvar att de inte kunde sova, så de satt och rökte och slötittade på tv till klockan var två. Då tvättade de handfatet noga så inga spår av färgningen fanns kvar och gick till bilen, Ali hade en mössa på sig så att inte mannen i receptionen skulle se att han färgat håret. Det var en kylig natt med frost på bilens rutor så det kändes olustigt att sätta sig i bilen. De körde under tystnad, Ali var noga med att hålla alla fartgränser, han ville inte bli fotograferad av någon övervakningskamera. Båda satt och funderade på vad som skulle hända. Ali slogs av tanken att han kanske bara hade några timmar kvar att leva. Skulle han våga utlösa bomben om allt gick fel? Han visste inte. När de närmade sig Östhammar stannade de på en tom rastplats och sträckte på benen och rökte. De plockade också fram material som de behövde och tog på rånarluvorna med hål för ögonen. När de rullade upp nedre kanten såg det ut som en vanlig mössa som snabbt kunde förvandlas rånarluvor. Är det nödvändigt med de här luvorna? Frågade Ibrahim. Om vi inte är maskerade kommer städaren att tro att vi skall döda honom, och inte prata sade Ali. När klockan var halv sex klev de in i bilen och körde till städfirmans lokal och parkerade så de inte var synliga från parkeringsplatsen där städfirmans bilar stod. De tog rep, tape och revolver och ställde sig i skuggan av förrådet och väntade. Först kom kvinnan och hämtade den ena bilen som förra gången. Klockan var nu sju och de var oroliga att städaren inte skulle dyka upp. Men så dök privatbilen med städaren upp, de drog sig in i mörkret för att inte synas. Som förra gången gick han in i förrådet för att hämta material och Ali och Ibrahim sprang fram till dörren och ställde sig bakom den, båda hade nu rånarluvorna nerdragna. När städare kom ut genom dörren grep Ali honom i kragen och riktade revolvern mot hans ansikte. " Gör inga dumheter så kommer det inte att hända dig något, vi vill bara låna bilen en stund" sade Ali. "Vilka är ni och vad fan vill ni?" sade mannen som nu hämtat sig från den första chocken. Det skall du skita i sade Ibrahim, men vi måste binda dig så du inte direkt ringer till polisen. De knuffade upp honom med ansiktet mot väggen. Ali hade fortfarande revolvern riktad mot hans huvud och Ibrahim bakband hans händer. Därefter ledde de honom till skåpbilen och öppnade bakdörren och knuffade in honom så att bara benen stack ut och Ibrahim band hans fötter också. För säkerhets skull satte de också munkavel i form av silvertape på honom. Innan Ali stängde bakdörren sade han "vi skall åka till Forsmark och jag kommer att åka efter skåpbilen i våran bil så om du gör några dumheter och försöker sparka upp dörren är jag den första som ser det så det ger du fan i. Ibrahim satte sig i skåpbilen och började köra mot Forsmark och Ali följde efter i sin egen bil. Morgontrafiken hade nu kommit igång och det var många bilar som skulle till kärnkraftverket. Men de hade hittat en timmerväg som gick från vägen som ledde till kraftverket och när de kom fram till den stannade Ibrahim och väntade till det var tomt på bilar, då körde han in skåpbilen så långt att den inte syntes från vägen och Ali följde efter med sin bil. Så långt hade det fungerat perfekt men det var nu alvaret började. Ali tog fram limtuben och kletade lim på båda händerna och höll upp dem så limmet skulle härda. Sedan öppnade de bakdörren och hjälpte städaren att sätta sig och tog av honom munkaveln. Det syntes att han var livrädd och han flackade med blicken mellan Ali och Ibrahim som nu tagit på sig huvarna igen. Sitter du bra frågade Ali och städaren nickade. Nu skall du lyssna väldigt noga på mig sade Ali för ditt liv hänger på om du förstår vad jag säger. Här gjorde han en paus för att understryka det han sagt. Jag skall ta på mig en sådan overall som du har och sedan skall jag ta ditt legitimationskort och åka genom vakten och du skall beskriva exakt hur rutinerna är. Städaren som var i trettioårsåldern svalde nervöst och sade jag har två barn. Då är det ändå viktigare att det här fungerar, sade Ali. Städaren började berätta först tvekande men sedan pratade han forcerat. Ali lyssnade noga och när han var klar frågade han om det brukade vara krångel med utrustningen som avläste fingeravtryck. Städaren som nu var samarbetsvillig, nickade och sade att senast förra veckan hade det varit fel på den. Vem är chef på din firma, var nästa fråga och städaren svarade "det är Jag, det är bara tre anställda i firman nu." Bra sade Ali blir det något strul ringer jag på din mobiltelefon och pratar med dig eller Ibrahim. Om allt fungerar och jag kommer in till kontrollrummet och kommer ut igen kommer vi att släppa dig, det är därför vi har masker så du inte skall kunna identifiera oss. Men om

jag blir gripen så kommer min kollega att skjuta dig. Jag
kommer att ha telefonen på så mycket jag kan, så det ligger
i ditt intresse att jag klarar mig. I skåpbilen hittade de en
använd overall som städaren hade och den passade Ali.
Legget som de tagit från städaren var det ett färgfoto i men
det var ganska otydligt så om man inte kontrollerade alt för
noga skulle det kunna vara Ali. De flyttade över städaren till
personbilen och Ali tog väskan med texten "BONVAX" och
satte längst in i skåpbilens lastutrymme. Det fanns också en
polermaskin i firmabilen, Ali tog en avbitartång och klippte
av en av elkablarna som gick till elmotorn på slipmaskinen
så den inte skulle fungera. Nu var alla förberedelse klara
och Ali satte sig i firmabilen, Ibrahim gav honom en kort
kram och sade "ske Allahs vilja". "Om gud vill," svarade Ali
och startade bilen. Det var bara några kilometer till kon-
trollstationen och när han kom fram såg han att det inte var
några andra bilar där. Han körde fram till bommen och klev
ur bilen och hälsade på en vakt som kom fram till honom.
Ali visade snabbt legget han hade hängande om halsen se-
dan gick han och öppnade bakdörren på skåpbilen. För att
distrahera vakten sade han "jag försov mig i morse så jag är
en timme försenad, jag kanske måste jobba över den ti-
den". Vakten tittade ointresserat in i lastutrymmet och
sade att han kunde köra fram till tillträdeskontrollen vid
nästa bom. Han nickade och körde fram till nästa bom. Han
satt kvar några sekunder och memorerade städarens be-
skrivning sedan gick han med snabba steg till entrén. När
han kom in vinkade han glatt mot flickan i receptionen och
hon log tillbaka. Han svängde till vänster och lade legget på

anvisad platta och fick grönt så han kunde gå vidare till säkerhetskontrollen där det stod en uttråkad vakt. Det var en sådan typ av kontroll som finns på flygplatser där det larmar om man har metall på sig, men han hade plockat bort allt som kunde larma så han fick ingen indikering. Han log mot vakten och upprepade att han försovit sig. Nu var det bara ett hinder kvar, det var fingeravtrycken. Man skulle sticka in id-kortet i en avläsare och sedan lägga handen på en glasplatta. Vakten stod ungefär två meter från honom när han satte i id-kortet och lade handen på glaset. Naturligtvis lyste en röd lampa och det hördes en summerton. "Jävlar är den sönder igen" sade Ali, "den var ju trasig förra veckan också". Det är nog bara smuts på glaset sade vakten och torkade av det med en trasa. Han satte sedan i sitt kort och lade handen på glaset och det lyste grönt. Nu fungerar den sade han och Ali upprepade proceduren med samma negativa resultat. Konstigt sade vakten får jag se dina händer, Ali visade sina händer som var brunfläckiga av limmet. Där har vi felet sade han, vad har du på händerna? Lim svarade Ali jag tätade en läcka i badrummet och tuben var trasig så jag fick lim på händerna och det går inte bort med tvål och vatten. Vakten kliade sig i håret och sade; försök att tvätta dig igen. Har ni något starkt lösningsmedel annars går det inte bort sade Ali. Han tillade att han hade tänkt tvätta sig med bensin på firman men han var så stressad av att han försovit sig att han inte hann på morgonen. OK sade vakten men i morgon måste du ha fått bort limmet. Ali nickade och försökte inte se lättad ut när han gick ut till bilen och när han körde mot reaktor tre ringde han till Ibrahim och sade "jag kom in".

Kapitel 9

Det var bara några hundra meter från huvudentrén till reaktor tre där parkerade Ali bilen igen och ringde till Ibrahim igen. Kan städaren tala om hur jag skall gå för att komma till kontrollrummet sade han till Ibrahim, håll telefonen så han själv kan berätta. Ali lyssnade noga på städarens redogörelse och ställde några kompletterande frågor sedan stängde han av telefonen och tände en cigarett. Han måste samla sig innan han gick in i den ofantliga byggnaden. Han lutade sig bakåt och slöt ögonen och försökte slappna av. Sedan reste han sig beslutsamt öppnade bakdörren och tog fram polermaskinen och bombväskan samt en förlängningskabel och började gå mot entrén. Med hjälp av id-kortet öppnade han dörren och gick in i en reception och nickade mot kvinnan som satt där, hon verkade inte ta någon notis till honom. Han gick fram till en tavla med kort som alla skulle bära i byggnaden och som visa de vilken strålning man blivit utsatt för, han tog det kort som städaren angivit var hans. Från receptionen gick två gångar en gick till den "radioaktiva delen" där måste man ha särskilda overaller, den andra gick till kontorsdelen. Ali gick mot kontorsdelen där han visste att kontrollrummet var beläget. Korridoren slutade med ett antal hissar. Ali släpade in materialet han burit på i en hiss och tryckte på hissplanet där det stod "kontrollrum" på. Där hissen stannade var ett utrymme där man kunde hänga kläder samt toaletter, en lång korridor gick mot det som antagligen var kontrollrum. Han följde korridoren och kom fram till glasdörrar som gick in mot kontrollrummet där stannade han och gick inte in. Han såg att det var människor som satt vid pulpeter och dataskärmar men han hade inte mött någon i hissen eller korridoren. Längs korridoren fanns det ett antal glasdörrar han gick och tittade in genom dem och fann att det tydligen var konferensrum som låg närmast kontrollrummet, men de var tomma. Han kände på handtaget, dörren var inte låst så han gick och hämtade elkabeln som han lade ut i korridoren och väskan ställde han i konferensrummet vid den vägg som gick mot kontrollrummet. Precis när han var klar med det kom det en man från kontrollrummet. Han skulle antagligen gå på toaletten, när han fick se Ali sade han; ska ni vaxa golvet igen? Ali nickade och sade att skalle vaxet sitta bör man vaxa två gånger med inte allt för stort mellanrum, mannen nickade och försvann in på toaletten. Ali väntade tills mannen kom ut från toaletten och låtsades försöka laga maskinen som inte fungerade. Det är något fel på den här jag måste hämta en ny förlängningssladd sade han till mannen som kom från toaletten. Han började gå tillbaka mor receptionen, flickan som satt där verkade fortfarande lika ointresserad så han gick bara förbi. Väl ute i bilen ringde han Ibrahim och sade att han var på väg tillbaka men att han skulle fortsätta att prata i telefonen medan han gick genom vakten. När han stannade vid kontrollstationen pratade han högt i telefonen. När han kom in i receptionen sade han med hög röst så alla hörde det "det är för jävligt, jag har bonat hela korridoren så går den förbannade polermaskinen inte. Vem fan lämnar en trasig maskin i bilen?" Vakten drog på munnen och Ali gick genom kort kontrollen och ut till bilen och åkte ut genom de öppna bommarna.

Han körde snabbt tillbaka till skogsvägen där Ibrahim var, han kontrollerade noga innan han körde in på timmervägen så ingen annan trafikant såg honom. Väl framme tog han på sig rånarluvan och gav Ibrahim en dunk i ryggen "Vi klarade det" sade han. Sedan gick han fram till städaren och sade "OK du är fri" det syntes vad lättad städaren blev. Ali tog bort tapen från hans fötter och började knyta upp repet som höll samman hans händer samtidigt som han nickade mot Ibrahim. Ibrahim gick bakom städaren, lyfte revolvern och sköt honom i bakhuvet. Han föll framlänges och blev liggande orörlig. "Konstigt" sade Ibrahim"; trodde han att han skulle få leva?" Ali ryckte på axlarna och sade; "de har inte fattat att det är krig". Nu följer vi den planen vi hade, vi måste komma härifrån så snabbt som möjligt. De släpade undan liket och gömde det provisoriskt med ris. Sedan tor-kade de noggrant bort alla eventuella fingeravtryck i skåp-bilen. Därefter körde de snabbt ut mot väg 76 och tog av mot Gävle. När de såg kärnkraftverken i fjärran stannade Ali bilen och öppnade fönstret som reaktorerna syntes i. Sedan tog han fram den tredje mobiltelefonen han köpt och slog på den. "Vi måste använda en annan mobil än våran vanliga när vi utlöser bomberna, jag tror att de i efterhand kan spåra signalen som utlöser bomben" sade Ali. Nu gäller det sade han och slog numret till bombtelefonen. Inget hände men i telefonen hördes samma ljud som när man ringer nå-gon som inte svarar. De såg på varandra och Ibrahim skulle säga något när de hörde en avlägsen larmsignal som bölade avlägset från kärnkraftverket. Samtidigt kunde de se rök som verkade komma ut genom väggarna och snart var reak-torbyggnaden insvept i rök. "Jag trodde hela byggnaden skulle explodera, som på film" sade Ibrahim. Ali skakade på huvet och sade "det trodde inte jag, det fordras ett ton dynamit för att spränga hela byggnaden, jag vet inte om det kommer att läcka radioaktivitet men det räcker för att skrämma skiten ur svenskarna". Ibrahim satte sig vid ratten och de började köra mot Gävle, det var ungefär sju mil dit och de räknade med att vara där innan några vägspärrar sattes upp. Under tiden gjorde Ali rent händerna med bensin, en trasa och en fällkniv som han skrapade med. De slog på bilradion och efter tio minuter kom den första varningen om att det skett en olycka i reaktor tre i Forsmark. Sedan fortsatte spekulationerna i radion; vad hade hänt? Kunde det vara sabotage? Läckte det ut radioaktivitet? Naturligtvis kunde ingen svara i början men polisen gick ut med en varning om att de som bodde söder om reaktorn skulle hålla sig inne och följa på radion vad som hände. Anledningen var att det blåste nordliga vindar och eventuell radioaktivitet skull följa med vinden söderut. Mot Stockholm sade Ali och flinade, tur vi åker norrut sade Ibrahim. De började närma sig Gävle och de kunde se att folk samlats runt radioapparater för att lyssna på radion som nu endast behandlade kärnkraftsolyckan. När de kom in i staden hittade de ett parkeringshus nära centrum där de ställde bilen. Sedan tog de väskan med material som Ali hade när han sålde telefonabonnemang även ett litet bord hade han för att förvara papper på. De hjälptes åt att bära ner materialet i ett närliggande inomhuscenter. Där började han och Ibrahim aggressivt att försöka sälja abonnemang tanken var att de ville bli hågkomna för att ha ett alibi. Det gick naturligtvis

inte att sälja något för folk var fullt upp-tagna med kärn-
kraftsolyckan och vid tvåtiden kom det någon form av före-
ståndare för inomhuscentret och frågade om de hade till-
stånd att stå där. Ali började käfta med honom och undrade
varför han inte sagt något i morse när de började sälja. Fö-
reståndaren blev arg och sade att han inte visste något för-
rän nu när folk klagat, och att de genast skulle försvinna. De
plockade med butter uppsyn samman sin utrustning och
gick till bilen Ali log och sade "nu har vi fixat vårat alibi". In-
nan de körde gick Ali runt och sökte efter någon parkerings-
biljett som var in stämplad nio på morgonen, när han hit-
tade en tog han den och lade den i en hög parkeringsbiljet-
ter som han hade i handskfacket.

Kapitel 10

Explosionen i reaktor 3 inträffade 10:09 då också larmet startade. Lättväggen mellan konferensrummet blåstes ut och fyra av de sju operatörerna som vistades där dödades genast och hela kontrollrummet ödelades. Först började det brinna men sprinklersystemet, som visserligen var skadat, slogs på i hela byggnaden och efter hand släcktes bränderna. Hela styrsystemet för reaktorernas matarpumpar och cirkulationspumpar och övriga styrsystem slogs ut. Men moderna rektorer är så konstruerade att vid ett totalt bortfall av el hissas stavarna i reaktorn upp via ett pneumatiskt mekaniskt system så att reaktionen i reaktorn upphör. Det systemet var konstruerat för att undvika härdsmältor och miljökatastrofer som i Tjernobyl. Det var tjugosju personer i byggnaden fem dödades tre blev alvarligt skadade och en lätt skadad. Skador på byggnaden av explosionen samt vattenskador var omfattande men reaktorn var intakt. Hjälp var på plats redan efter några minuter för Forsmarks Kraftgrupp hade en egen insatsstyrka bland de som arbetade på verket och den vanliga brandkåren var på plats efter tjugo minuter, då anlände också polisen. Det tog tid att få ut hela personalen hissar och belysning fungerade inte. I början visste ingen om området var radioaktivt så alla som gick in i byggnaden måste ha skyddsutrustning. Det fanns en katastrofplan som innefattade mätning av radioaktivitet, information till myndighet och media och avspärrning av vägar som gick in i områden som kunde smittas av radioaktivitet. I efterhand visade det sig att planen fungerade tämligen bra

men en del fallerade naturligtvis. I samhället Forsmark bör-
jade människor evakuera sina bostäder genast när de hörde
på radion att eventuellt radioaktivt nedfall skulle spridas sö-
der om kärnkraftverket. Det gjorde att vägar blockerades
och utryckningsfordon hade svårt att ta sig fram. Nyheten
om en kärnkraftsolycka kablades ut över hela världen och
snart var flera TV och radio team på väg för att dokumen-
tera olyckan i "världens säkraste kärnkraftverk". Redan vid
tvåtiden hittade en helikopter som flög över området den
övergivna bilen från Allrent, och larmade polisen. Området
spärrades av och liket av städaren hittades. Nu stod det
klart för poliserna att det inte var en olycka utan en attack
utifrån. Vilka som låg bakom framkom vid fyratiden då en
islamsk radiokanal informerade att IS utfört dådet och att
nya sprängningar skulle ske om inte Sverige drog bort sina
Jas plan och militära rådgivare från Syrien. Av tradition tar
IS på sig alla olyckor som sker i västvärlden, men i detta fall
blev de trodda. Efter hand klarnade bilden, totalt sex perso-
ner var döda, två sårade och skadorna på reaktorn var svårt
att beräkna i pengar men reparationerna bedömdes ta mer
än ett år. Kostnaderna för attentatet handlade således om
miljardbelopp. Men som tur va hade det inte läckt ut någon
radioaktivitet. Det första officiella uttalandet kom vid fyrati-
den då stadsministern framträdde i TV1. Stadsministern
hade tidigare varit fackföreningsboss och såg också ut som
en sådan. När han intog talarstolen förväntade man sig näs-
tan att han skulle lägga från sig basebollträet, han såg tuff
och handlingskraftig ut. Men när han började tala märkte
man att han alltid sade samma sak hela tiden det kanske

var så att talskrivaren vabade sedan ett år, så han fick an-
vända samma tal. Denna gång kunde han dock inte använda
standardtalet och det gav honom en mer osäker framto-
ning. När han framträdde i Tv:n såg han närmast sorgsen ut,
han började talet med " Sverige har i dag drabbats av ett
fruktansvärt attentat, det är för tidigt att säga vilka atten-
tatsmännen är men vi skall vända alla stenar för att gripa de
skyldiga och ställa dem inför rätta." Han fortsatte sedan
med standardfraser om att han kände med de anhöriga
o.s.v. avslutningen var "det har kommit uppgifter om att IS
är ansvariga och att de skall fortsätta med attentat till vi
lämnar Syrien, om de är skyldiga kommer utredningen att
visa, men så mycket kan jag säga," här gör han en paus och
titta in i kameran "Sverige kommer aldrig att ge efter för
hot". Under eftermiddagen blev flera partiordförande inter-
vjuade mest uppmärksamhet fick centerns partiordförande
som varit borta från politiken en tid. Hon var känd för att
säga konstiga saker och denna gång gjorde hon ingen besvi-
ken. På frågan om vad Sverige kunnat göra för att förhindra
attentat som det här. Hennes svar var; "om vi hade tagit in
fler invandrare hade det här aldrig hänt". Reportern blev
först mållös sedan sade han; "i en TV intervju sa du att Sve-
rige skulle ta 31 miljoner invandrare". Hon nickade, sedan
sade hon med ett listigt leende; "de skulle ju inte spränga
sina landsmän i luften". Men det gör de dagligen i Syrien
sade journalisten. Ja men det är ju i Syrien, svarade hon
med en min som antydde att reportern inte fattade något.

De andra partiledarna var mer avvaktande, de visste inte
vad de skulle säga för att vara politiskt korrekta, miljöparti-
ets språkrör antydde att de alltid hade försökt få bort kärn-
kraften, hade de fått sin vilja fram hade inte detta inträffat.
Men ni var med på en uppgörelse att befintliga kärnkraft-
verk skulle avvecklas då de blev gamla och inga nya skulle
byggas, sade reportern. Språkröret skruvade på sig och
sade att i alliansen var de tvingade att kompromissa. På frå-
gan om varför de var med i alliansen när de fick kompro-
missa i de frågor som var viktiga för partiet, på det hade
han inget svar.

Den enda som var bekväm med att bli intervjuad var SD.s
välklädda partiordförande, hans parti var nu enligt opin-
ionsmätningar, utförda av utländska företag, störst. Sådant
ger självförtroende, han tittade in i kameran och försökte
se ut som han var gripen av stundens alvar. Sedan sade han
"SD har hela tiden påpekat att en okontrollerad invandring
kommer att resultera i kaos, alla andra partier har hånat oss
och kallat oss nazister för att vi haft en annan invandrarpo-
litik. De enda som har förstått situationens alvar är Sveriges
väljare, det är därför vi har de högsta siffrorna vid obero-
ende opinionsmätningar. Vi kommer därför att gå ut med
listor för att få ett nyval."

På eftermiddagen samma dag som attentatet utfördes ha-
de regeringen ett extramöte där också rikspolischefen Dan
Eliasson var med. Det togs ett beslut att utredningen av
sprängattentatet skulle ledas av en projektgrupp där två
från mordkommissionen två från säkerhetspolisen samt en

åklagare skulle vara med. Förslaget till projektgrupp var Eli-
assons, anledningen var att han redan varit i blåsväder så
mycket att han ville ha en projektledare att skylla på om det
blev "ett nytt Palmefall". Regeringen godkände förslaget för
de var rädda att Eliasson själv skulle leda utredningen. Som
projektledare valdes Björn Vinblad som var två i rangord-
ningen på mordkommissionen. Han var i sextioårsåldern
och var en erkänt duktig utredare som gått den "långa vä-
gen". Hans krav för att ta jobbet var att han fick bestämma
vilka mer som skulle ingå i gruppen och att han hade befo-
genhet att kalla in hjälp både från polisens egna led och uti-
från och det godkändes. De fick ett rum i polishuset på
Kungsholmen som blev sambandscentral.

När det konstaterats att området inte var kontraminerat
gick tekniker in i reaktorbyggnaden och även brottsplatsen
runt Allrents bil undersöktes av mordutredare från Stock-
holm. Den första åtgärd Björn Vinblad gjorde som projekt-
ledare var att begära att två utredare från invandrarverket
skulle ingå i gruppen. Visserligen klagade Eliasson och tyck-
te att man med den åtgärden pekade ut en grupp, men Vin-
blad svarade att han inte tänkte ta någon politisk hänsyn så
han fick genom sitt krav.

Det första mötet som projektgruppen höll var två dagar ef-
ter attentatet och platsen var den nya sambandscentralen i
polishuset. Björn började med att gå genom vad de visste i
dagsläget. De hade inte fått in resultat från den tekniska
undersökningen men de hade förhör från bevakningsperso-
nalen i huvudentrén de hade sett det som troligen var ter-

roristen och de beslöt att göra en fantombild av den förmo-
dade gärningsmannen. Vidare sade Björn att mycket pe-
kade på att IS låg bakom, inte minst att de tagit på sig at-
tentatet men också det sätt de utförts på. Så antagandet att
det var en eller två "hemvändare" var troligt. Enligt säker-
hetspolisen fanns det ungefär etthundra femtio kända och
ett okänt antal icke kända. Säkerhetspolisen fick till uppgift
att tillsammans med invandraverkets personal upprätta en
lista på dem, sedan skulle de börja beta av listan genom att
kontrollera var de varit den aktuella tiden. En annan intres-
sant fråga var hur de fått tag i sprängämne, men de beslöt
att vänta på resultatet från den tekniska undersökningen
för att se vilket sprängmedel som använts. Ytterligare en åt-
gärd var att kontrollera på alla hotell och vandrarhem i om-
rådet samt fråga personal på matställen och bensinmackar
om de sett något avvikande de aktuella dagarna, det blev
polisen i gruppen som fick ta på sig den uppgiften. När mö-
tet var klart och deltagarna lämnat lokalen lutade Björn till-
baka i stolen, han hade en känsla av att jakten hade börjat
och att gärningsmännen skulle känna sig stressade och
kanske göra något misstag.

Kapitel 11

Ali och Ibrahim plockade ner allt som kunde härledas till at-
tentatet i en påse utom revolvern, den lade Ali under re-
servhjulet som var fastskruvat i bagageutrymmet sedan
skruvade han fast hjulet igen. Påsen tog de med sig då de
gick en vända på staden och vid en sopstation spred de ut
materialet, utom rånarluvorna som de noggrant klippte
sönder innan de slängde dem. De hade inte bestämt hur re-
san tillbaka skull ske men det var för riskabelt att hyra rum
så de beslöt att ta bilen tillbaka till Stockholm. E4 ville de
inte åka för de var rädda för poliskontroller så de åkte över
Avesta och Västerås, det var visserligen längre men de ville
inte ta några onödiga risker. Resan hem gick utan problem,
de satt och lyssnade på radion om det kaos som brutit ut
och Ali log. När de var hemma vid tiotiden körde Ali Ibra-
him till hans förläggning och de kom överens om att inte
kontakta varandra de närmaste tre veckorna. De kom också
överens om en historia om hur Ali hämtat Ibrahim vid sex-
tiden och sedan hade de åkt direkt till Gävle där de börjat
försöka sälja abonnemang vid niotiden. De hade åkt E4 och
inte stannat på vägen. När Ali kom hem hade hans föräldrar
lagt sig och själv var han fruktansvärt trött, det hade varit
en ansträngande dag så han somnade genast då han lade
sig. När han gick upp på morgonen blev hans föräldrar för-
vånade av att han redan var hemma och att han färgat hå-
ret. Han förklarade att han fått tipset att färga håret av fir-
man han arbetade för. "På landet vill de inte köpa av svart-
skallar" sade han. Men han berättade också om att det var

omöjligt att sälja något där på grund av den hemska olyckan vid kärnkraftverket som låg nära Gävle, hans mor var glad att han lämnat den hemska platsen men hans far såg mer fundersam ut men han sade inget. Ali ringde också till firman han arbetade för och berättade samma historia som han berättat för sina föräldrar och de kom överens om att han skulle fortsätta att sälja i Skärholmen där det fungerat bra. Under de närmaste veckorna skulle han ligga lågt och arbeta mycket och gå regelbundet i moskén. Han hade inga samvetskval för det han gjort, han hade varit med om betydligt värre saker i Syrien så han kände bara en befrielse att han utfört uppdragets svåraste del. Samtidigt följde han noga hur debatten gick i media, det började ifrågasättas mer och mer om Sverige skulle deltaga i kriget i Syrien men det var också en falang som tyckte tvärt om och ville öka deltagandet. För hans del var de närmaste veckorna behagliga, han arbetade dejtade flickor och gick i moskén och livet lekte.

*

Redaktören för kvällstidningen Aftonpressen hette Emanuel Bergkvist och han var en bit över sextio år och såg fram mot att gå pension om ett år. Han hade börjat sin bana som reporter med högt ställda krav på att hans arbete var att ge läsarna en opartisk bild av samhället och att hans uppgift var att gräva fram fakta och avslöja lögner. Men åren i branschen hade slipat bort hans idealism och nu var hans högsta målsättning att få tidningen att gå runt ekonomiskt. De flesta tidningar som fanns när han började sin bana var

nu nedlagda, kvar fanns bara de stora jättarna och Afton-
pressen tänkte han och rullade ut dagens löp på skrivbor-
det. "SD begär nyval" stod det och under var det en stor
bild av SD:s partiledare. Det kändes olustigt han trodde inte
att han skulle få ett telefonsamtal, han visste att det skulle
komma. Frågan var bara om stadsministern eller hans sek-
reterare skulle ringa. Mycket riktigt telefonen ringd och det
var sekreteraren som ringde. "Vad är det för jävla löp ni
släppt" sade han utan att presentera sig, vi skriver bara om
det halva befolkning redan sett på TV svarade Emanuel. Vi
har kommit överens om att ni skall kontakta oss innan ni
släpper sådana löpsedlar sade sekreteraren och en sak till,
det får under inga omständigheter bli någon uppföljning på
det temat. Men om vi skall få några läsare måste vi redovisa
vad som händer i samhället försökte Emanuel, fast han viss-
te att han talade för döva öron. Då måste ni sälja så många
tidningar att ni behöver något presstöd snäste sekreteraren
och slängde på telefonen. Presstöd, tänkte Emanuel, var
den fria pressens undergång. Det var något som dök upp på
sjuttitalet om han mindes rätt och det delades ut till de
olika partierna så de kunde gå in och stödja den press som
drev deras sak. Men så insåg de som satt i regeringsställ-
ning att det kunde motverka dem själva för de hade ingen
kontroll över pressen. Då drev de i tysthet genom ett förs-
lag att det skulle sitta en presstödsnämnd som direkt un-
der regeringen och delade ut pengar till tidningar för att det
även i fortsättningen skulle finnas en mångfald då det gäll-
de pressen, det var då den fria pressen upphörde att vara
fri. De tidningar som inte ställde sig bakom regeringen kun-
de inte räkna med att få något presstöd utan var tvungna

att ta skit från sådana som han som nyss ringde och var oförskämd. Han visste att tidningen gick på plus minus noll så det var presstödet som höll tidningen vid liv, något som regeringen var mycket väl medveten om. En annan tanke som slog honom var att om det nu blev nyval så skulle det bli en helt annan sammansättning i riksstaden det viste han för det fanns oberoende opinionsmätningar, som han inte fick trycka, som gav SD 28% och var med det största partiet. Om det blev omval lovade han sig själv att hans tidning skulle skriva lång artikel om hur presstödet dödat den fria pressen och huvud skulle rulla och han visste att han skulle ha stöd av SD.

Vid nästa möte som polisens ledningsgrupp hade fanns det mycket mer material att arbeta med. Fantombilden var framtagen och de beslöt att endast sprida den inom poli-sen, men det hindrade inte att bilden var ute i tidningarna redan två dagar senare. Den tekniska undersökningen av brottsplatsen visade att vanlig dynamit använts. De skulle undersöka om det gick att spåra dynamitens ursprung, men hade inga förhoppningar att det skulle lyckas. En intressant detalj var att man funnit spår av en mobiltelefon det stärkte teorin att IS låg bakom för mobilbomber var vanliga i Syrien så det stärkte teorin om hemvändare som var utbildade på att koppla sådana bomber. Men det mest intressanta var förhören med vaktpersonalen vid infarten till kärnkraftver-ket. Han berättade mycket detaljrikt vad som hänt, beskrev larmet som utlösts vid fingeravtryckskontrollen och färgen på händerna som de trodde förorsakade larmet. Polisen

hade samma dag som attentatet utfördes tagit fingerav-
tryck på plattan där förövaren lämnat sina fingeravtryck
men tyvärr utan resultat för vakten hade torkat plattan ren
när Ali gått. När ledningsgruppen sett förhöret på video frå-
gade Björn vad de drog för slutsatser om gärningsmannen.
Det var tyst en stund sedan sade en av poliserna "det måste
vara en otroligt kallblodig person". De kanske just mördat
städaren, sedan åkte han och lämnar fingeravtryck som han
vet att det kommer att bli larm av. Björn nickar och säger
att de kanske inte mördat städaren utan han fick leda at-
tentatsmannen via telefon tills bomben var på plats. De
andra instämde och de var överens om att planeringen var
så noggrann att förövarna måste varit på plats för att stu-
dera rutinerna vid infarten till kärnkraftverket. De beslöt att
kontrollera alla som hyrt ut rum i Forsmarks närhet den
senaste månaden. Fantombilden var en besvikelse, den vi-
sade ett ansikte som kunde tillhöra nästan vilken yngling
som helst med en hårfärg som i dagligt tal kallades rätt fär-
gat. Listan på kända återvändare var klar och bestod av 147
namn. De som tagit fram listan hade redan börjat stryka
namn som inte var aktuella. En satt i rullstol av krigsskador,
fem satt i fängelse för knarkrelaterade brott en var dödad i
ett bråk på en flyktingförläggning. Listan skickades ut till
alla polisdistrikt och polisen skulle kontrollera dem som var
bosatta i deras distrikt och lämna uppgifterna till lednings-
gruppen. Nästa punkt som skulle undersökas var dynami-
ten, en polis fick till uppgift att sammanställa alla stölder av
dynamit och tändhattar under det senaste halvåret. Den
tekniska undersökningen av mordplatsen gav en del, kulan
hade hittats i ett träd nära bilen, den hade fastnat i trädet

efter att ha passerat genom huvudet på städaren. Den var visserligen deformerad men det som fanns kvar kunde med lite tur identifiera vapnet som avlossade skottet. Den matchade dock inget känt vapen. Ett suddigt fingeravtryck i firmabilen hade också säkrats, det fanns inte i något förbrytarregister men det skulle skickas till Interpol för kontroll i deras register.

Kapitel 12

Vid denna tid blåste det kalla vindar i Sverige och hela EU. Kriget i Syrien hade skapat en flyktingström som svepte in i EU länderna och hur den strömmen av flyktingar skulle bemötas kunde länderna inte enas om. Sverige och Tyskland var de länder som tog mot flest flyktingar, i början gick Sveriges statsminister ut och slog sig för bröstet och sade att vi har en tradition att hjälpa människor i nöd, det är vi stolta över. Två veckor senare stängde han gränserna för sådana som inte hade papper, med motiveringen att säkerheten inte kunde garanteras då så många kom. Totalt anlände det 150 000 flyktingar det året. Resultatet av den okontrollerade invandringen var att flyktingar fick sova på gatan under en period. Allt boende som gick att uppbringa gjordes om till flyktingförläggningar, som ofta brändes ner av de som inte ville ha asylsökande som grannar. Det visade sig att det inte bara var syrianska flyktingar utan lika många kom från Marocko och Afghanistan. Antalet mord och våldtäkter ökade och polisen räckte inte till, för dels hade de en gränskontroll som inte funnits förut, sedan var det många utryckningar i samband med asylboende. Pressen hade stränga order att mörka allt negativt med invandringen, men nätet gick inte att censurera. På Facebook fanns det särskilda grupper som endast ägnade sig åt invandrarfientliga inlägg. Av de politiska partierna var det bara SD som från början var mot invandringen, alla andra partierna hånade dem och försökte marginalisera dem. Men väljarna hade

inte samma åsikt som politikerna, och vid opartiska opin-
ionsmätningar steg väljarsiffrorna för SD i samma takts som
invandringen ökade och i sista mätningen före attentatet i
Forsmark hade SD över 26% av väljarnas röster och var där-
med det största partiet. Det var uppgifter som inte redovi-
sades i den "fria" pressen men väl i på Facebook. Det bilda-
des medborgargarden som hade som uppgift att skydda
svenska medborgare från att bli trakasserade av invandrar-
grupper. Även flyktingarna bildade gäng för att de blev tra-
kasserade av medborgargardet sedan var våldsspiralen på-
börjad. Bilar brändes, flyktingförläggningar brändes områ-
den blev "invandrarområden" och "invandrarfria områden"
människor misshandlades och i vissa fall mördades. Polisen
hade inte resurser att stävja bråken och när de ryckte ut
blev de ofta utsatta för stenkastning och vid ett tillfälle
tände demonstranterna eld på en polisbil.

Attentatet i Forsmark var som att försöka släcka en eld med
bensin. På Facebook stod det sida upp och sida ner hatbrev
och krav på att stoppa all invandring och skicka hem alla
papperslösa, även krav på nyval var ett ständigt återkom-
mande tema. För den sittande regeringen blev det allt svå-
rare att låtsas som allt var som vanligt, kritiken från andra
länder blev allt mer besvärande. För att höja moralen hos
landets invånare lanserades det nya ord som att Sverige var
en "invandrarstormakt" som skulle föra tankarna till Sveri-
ges stormaktstid och höja statusen för de avdankade poli-
tiker som hamnat i EU parlamentet. Två veckor efter atten-
tatet i Forsmark gjordes en ny opinionsmätning av ett neut-

ralt engelskt bolag och de kom fram till att alla partier tapp-
pat väljare utom SD som stigit från 26% till 37%, mest hade
socialdemokraterna tappat och miljöpartiet som nu inte
hade en riksdagsplats om det varit val i dag. Givetvis mörka-
des resultatet i pressen men det spreds som en löpeld på
nätet. Alla partier reagerade olika sätt. Moderaterna, som
var näst största partiet, sade inget för de såg ett närmande
till SD som en sista desperat möjlighet. Deras ungdomsför-
bund ägnade sig åt andra viktiga frågor som att föreslå tillå-
tande av nekrofili och incest. Moderaternas partiledare,
som var gift med en komiker, ansåg att straff för att ej in-
formera en partner att man hade HIV skulle avskaffas. Soci-
aldemokraterna gjorde det de gjort sedan de kom i rege-
ringsställning; ingenting. Partiordförande läste sitt "stan-
dardtal" som han nu borde kunna utantill och väntade på
ett under, eller att fallskärmen skulle vecklas ut. Miljöpar-
tiet behövde ingen draghjälp från omvärlden för att sänka
sitt, redan tidigare låga, förtroende från väljarna. Då det vi-
sade sig att deras tyngsta namn var allierad med en terro-
ristorganisation, fick han avgå och språkrören fick ställa sina
platser till förfogande. Det underlättade inte för dem att en
av kandidaterna vägrade skaka hand med en kvinnlig repor-
ter, varefter han lämnade partiet. Vid det laget var deras
väljare så få att de fått lämna riksdan om det blev nyval nu.

SD hade tidigare begärt att få en misstroendeförklaring av
sittande stadsminister men fick då inte de 175 röster i rikss-
taden som behövdes för att avsätta honom. Efter attenta-
tet började de samla namnlistor för att begära nyval tanken
var att om man fick tillräckligt många namn skulle regerin-

gen tvingas gå med på nyval. Det var oklart hur många namn som fordrades för att det skulle bli nyval, men då det gällde kommun och landsting var den siffran 10% av väljarkåren som behövdes för nyval. De gjorde två listor som väljarna kunde begära nyval dels för kommunen dels för riksdan.

För polisens del går det trögt, det visar sig att arbetet med att kartlägga återvändarna är tidskrävande. Trots att i stort sett alla polisdistrikt arbetar med att spåra sina återvändare så är det efter två veckor fortfarande åttio namn kvar på listan. Kulorna som hittades på mordplatsen går inte att binda till något vapen av Interpol, inte heller det suddiga fingeravtrycket som hittades i firmabilen finns i deras arkiv. En ljuspunkt i mörkret är att en av damerna i receptionen i huvudentrén har ett minne av en person som kom in i receptionen och frågade om det gick att komma in på området och titta på kärnkraftverket. Hon kunde lämna en beskrivning på honom som stämde bra med vaktens beskrivning hon mindes också att han sade att han var en försäljare av något slag och han pratade ren svenska, möjligen med inslag av "rinkebysvenska" men hon var inte säker. En sak som slog Björn när han satt och sammanställde uppgifter de fått in var att mobiltelefoner var ett återkommande tema i utredningen. Han kontaktade det telebolag som sålde mest kontantkort och lyckades få tag på en expert på mobilkommunikation som lovade komma till ett projektmöte. En annan positiv nyhet kom från den utredaren som skulle arbeta med stölder av dynamit. De mesta stölderna

var "svinn" på arbetsplatserna eller uppbrutna förvarings-
skåp. Men det var en stöld som stack ut, det var ett regel-
rätt rån av en bil som transporterade dynamit för ungefär
en månad sedan, och rånet hade utförts nära Eskilstuna.
Det var första gången en sådan transport blivit rånad och
det var två förövare som genomfört rånet. Det stämde bra
med antagandet att det också var två som utförde spräng-
ningen i Forsmark. Det började komma fram en bild, två
terrorister med bakgrund från kriget i Syrien som var bo-
satta i Södertälje eller Stockholm det skulle vara intressant
att se var mobiltelefonerna som använts var köpta.

Med anledning av de höga siffrorna från opinionsmätnin-
gen hade den "inre cirkeln" hos SD samlats för ett ha ett in-
formellt möte. De var inte någon grupp som fans på papp-
ret utan en kamratgrupp av de ledande i partiet. Den be-
stod av partiordförande, vise partiordförande och den eko-
nomiskt ansvarige samt partiets presstalesman. Alla kände
varandra sedan flera år och de umgicks ofta privat. Stäm-
ningen var hög och alla försåg sig med drinkar från en liten
bardisk som fanns nära den soffgrupp de satt i. "Det är
otroligt att våra röstsiffror stigit så mycket för att det varit
ett attentat" sade ordförande på bred skånska. "Blev det
krig skulle vi få 100%" svarade pressansvarige och alla sk-
rattade. "Alvarligt" fortsatte partiordförande " det här är en
chans vi inte får missa," vi måste få ut det här budskapet
för tidningarna kommer inte att skriva en rad om det. De
andra blev alvarliga och nickade "nätet är inget problem"
sade pressansvarige men tidningarna är ett problem. Men
jag känner chefredaktören på Aftonpressen och jag vet att

han skulle föra in siffrorna i tidningen om det inte var för
det förbannade presstödets skull, han vågar inte tidningen
är beroende av att få det. Det blev tyst en stund sedan sade
någon hur mycket pengar handlar det om? Det vet jag inte
men jag vet att det totala presstödet till alla tidningar ligger
på ungefär en halv miljard/år svarade pressansvariga, som
hette Bengt, så vi pratar om ett antal miljoner. Ny tystnad
och alla läppjade på sina drinkar "det är en så viktig fråga så
jag tycker att du skall prata med honom, överföringen av
pengar kan vi göra genom att köpa annonsplats så slår vi
två flugor i en smäll. Du kan också påpeka att om vi kom-
mer i majoritet i regeringen så kommer presstödet att för-
delas på ett helt annat sätt" sade ordförande. Bengt nick-
ade och gjorde en notering i telefonen. Vise partiordfö-
rande som hette Jarl tog till orda "det är väldigt intressant
att vi gynnas så av attentatet, tänk om det blir en spräng-
ning till vad händer då?" Han svarar själv på frågan "vi kans-
ke kommer upp i 51%, människor är rädda nu." "Skall man
vara ärlig skulle en ny sprängning vara det bästa som kunde
hända för vår del" sade ordförande." Men har inte IS sagt
att de skall utföra fler sprängningar om vi inte drar oss ur
kriget inflikade Bengt. Och fortsatte, om de griper förröva-
ren lär det inte bli några mer sprängningar, är det någon
som vet hur spaningarna efter gärningsmännen går? Det
finns flera poliser som är aktiva i SD sade Bengt jag vet en
som är någon typ av mellanchef och arbetar på Kungshol-
men så jag skall prata med honom om han kan ta reda på
hur det går. Är det ingen som känner spaningsledaren Björn
Vinblad undrade ordförande. Det enda jag vet om honom

är att han inte gillar politiker, men det skadar inte att kon-
takta honom sade Jarl, det fix jag sade han och gjorde en
notering. Men sade ordförande vi är här för att fira, hur
länge skall vi sitta med tomma glas.

Kapitel 13

Några dagar efter hemkomsten från Forsmark ringde Ibrahim till Ali och sade att han tänkte lämna förläggningen och resa till Göteborg och träffa sin släckt. En av anledningarna till att han lämnade asylboendet var att han trodde att personalen började misstänka att han kunde svenska, det är svårt att hemlighålla att man kan språket en längre tid. Han trodde inte att det skulle bli någon större affär av det för det var redan flera som lämnat boendet utan att någon verkade bry sig om det. Ali höll med honom, han skulle undersöka hur sprängningen på centralen skulle utföras och vilket datum som verkade vara det bästa. De kom överens om att höras om tre veckor då visste Ali om han behövde hjälp eller om han själv kunde utföra attentatet.

Nu arbetade Ali mycket för att dels få pengar och dels verka "etablerad" han visste att det mycket väl kunde komma poliser för att förhöra honom och han förberedde sig mentalt för att vara redo. Troligen var alla hemvändare listade och polisen kontrollerade alla, Ali visste inte om han fans med på den listan. Att Ibrahim åkte till Göteborg var bra det innebar att det var svårare att hitta ett samband mellan dem. Men det gick tio dagar utan att någon hörde av sig så han började fokusera sig på nästa attentat. Han gick in på nätet och kontrollerade om det var några arrangemang som drog mycket folk till Centralstationen. Det som verkade mest lovande var "Ånglokens dag" som inföll om en månad, det var ett arrangemang som förekommit tidigare och som tydligen

drog mycket folk. Det var en organisation som hette" Ång-
lokens Vänner" de sysslade med att renovera gamla ånglok
och under ånglokens dag ordnades det resor med ånglok
från Centralstationen till Uppsala och tillbaka. I samband
med det var det en massa jippon med tal och en blåsorkes-
ter samt försäljning av suvenirer och aktiviteter för barn.
Det verkade som det var en lämplig dag om han skulle få
maximal effekt vid sprängningen. Han beslöt sig för att åka
till Centralstationen för att se hur han lämpligen skulle gå
till väga.

SD. s pressansvarige Bengt ringde Aftonpressens Redaktör
Emanuel och föreslog att de skulle äta lunch, de kände
varandra sedan tidigare så de bokade en tid när de skulle
träffas vid Kaknästornet. Det var en vacker dag när våren
övergick till sommar och ängarna och träden på gärdet skif-
tade i grönt. Båda var på gott humör, Emanuel för att han
kom ut från redaktionen och skulle få en bjudlunch och
Bengt för att han skulle kunna göra en insats för SD och
klättra ett steg till på karriärstegen. Det var inte mycket folk
i Kaknästornet, mest turister och några äldre män som såg
ut som höjdare i näringslivet. De beställde dagens fisk och
en folköl till. Sedan satt de tysta och beundrade utsikten en
stund, därefter pratade de om gemensamma vänner och
vad som hänt sedan de träffats senast. Emanuel berättade
om att han var tvungen att dansa efter regeringens pipa för
att han var så beroende av presstödet och sade att han såg
fram mot att bli pensionär. Bengt nickade deltagande och
sade att det är därför jag är här, vi har ett förslag som skulle
kunna göra dig oberoende av presstödet under den tid du

har kvar på tidningen. Han fortsatte, jag förstår att du måste förankra det med styrelsen men vi får ta en sak i taget. Sedan redogjorde han för sin plan att tidningen skulle strunta i presstödet och skriva som en fri och oberoende tidning, i gengäld skulle SD garantera ett antal helsidesannonser i veckan. Emanuel lyssnade uppmärksamt och funderade en stund innan han sade, officiellt är tidningen obunden och det är jag som har hand om annonsförsäljningen så egentligen är det inget jag behöver kontakta styrelsen om utan jag kan ställa dem inför fullbordat fakta. Det blir givetvis ett jävla liv på dem och på sekreteraren som betalar ut presstödet, men det skiter jag i. Bengt tog fram ett papper och de började skissa på ett upplägg som skulle kunna gynna dem båda, genom att skriva ett avtal om annonser fram till nästa val skulle tidningens styrelse inte kunna hindra dem. Det var visserligen mycket pengar som SD skulle bli tvungna att betala men det var utdraget under en relativt lång period så det löser sig sade Bengt och de skakade hand på affären. På vägen tillbaka satt Emanuel och funderade på den nya situationen, han kände sig smått euforisk, det kanske skulle bli så att hans tidning äntligen skulle kunna stå för det fria ordet, om inte styrelsen gav honom sparken förstås, men den risken var han beredd att ta. Även Bengt var nöjd då han åkte till kontoret, han hade redan börjat fundera på vad han skulle skriva på den helsida som han hade att disponera varje vecka och han såg för sitt inre hur Aftonpressens löpsedlar skulle se ut i framtiden, han skulle äntligen ha samma möjlighet att nå ut till väljarna som de andra partierna som bara hade fyra procents väljarstöd.

Många brott klaras upp genom mobilspårning nu för tiden, därför har polisen en särskild grupp som arbetar med det. Då det gällde sprängningen i Forsmark hade man den exakta tiden då bomben detonerade, genom att räkna baklänges på uppkopplingstid kunde de få fram ett klockslag som det utlösande telefonsamtalet skickats. Det visade sig att ett tiotal telefonsamtal kopplats från den basstation som låg närmast under den aktuella tiden. Genom att kontrollera sändarnummer och mottagar nummer kunde man till slut få fram numret på sändande och mottagande telefoner. Givetvis visade det sig att båda numren tillhörde äldre Nokia telefoner med betalkort som var köpta i olika affärer söder om Stockholm. Den telefon som satt i bomben var ointressant och den telefonen som utlöste sprängningen var avstängd och det hade bara ringts fyra samtal den senaste månaden. När Björn läste rapporten drog han två slutsatser, de som utförde sprängningen bodde i Stockholms södra förorter och dels att de var väl medvetna om hur spårningen av samtalen fungerade. Genom att använda en separat telefon för att utlösa bomben kunde han undvika att få telefonen spårad med GPS. Polisen fokuserade sig på att återvändare som hade sina rötter i södra delen av Stockholm och i Södertälje. Det visade sig att det fanns åtta återvändare i det området och polisen koncentrerade sitt spaningsarbete på dem. Två av dem kunde avfärdas genom att en satt redan i arrest och en var invalidiserad och satt i rullstol. Av de återstående sex hade fyra troligen rest genom förmedling från moskén i Botkyrka. Ledningsgruppen beslutade att den skulle sättas under bevakning, och de skulle undersöka om det fanns någon lämplig polis som de skulle kunna infiltrera i församlingen. Ett krav var att det var någon pålitlig muslim från någon annan del av Sverige, det var en känslig fråga och Björn skulle personligen ta kontakt med Malmö och Göteborg där han trodde att chansen var störst att de skulle hitta en lämplig polis som var villig att ta uppdraget. Det visade sig inte vara helt enkelt att hitta någon lämplig kandidat men efter en tids sökande hittade de en kvinna som var beredd att försöka. Hon hette Venessa och arbetade normalt som polis i Göteborg, hon var gift med en svensk man och hade konverterat och var nu kristen. Fördelen var att hon varit muslim och kände till hur moskén fungerade. Det var delade uppfattningar i ledningsgruppen om en kvinna skulle infiltrera, dels med tanke på risken men man undrade också om en kvinna skulle få den informationen som de var ute efter. Men det fanns också en fördel, troligen skulle en kvinna inte bli misstänkt för muslimerna skulle aldrig lämna ett så farligt och svårt uppdrag till en kvinna, ledningsgruppen tog beslutet att låta henne försöka. Venessa såg inte ut som en polis, hon var 26 år och något över medellängd men spensligt byggd och hade en mjuk framtoning som fick många att öppna sig då de förhördes av henne. Anledningen att hon tog uppdraget var att hon hade insett att skulle hon komma någonstans i polisens hi raki fordrades det en extra insats av henne just för att hon var kvinna i ett mansdominerat yrke. En annan anledning var att hennes man som också var polis stöttade henne, och de hade inte barn att ta hänsyn till.

Kapitel 14

Ali tog ledigt en förmiddag och åkte in till Centralen för att planera var och hur han skulle placera bomben. Han hade ett skissblock och gjorde en skiss av de olika våningarna samt markerade var övervakningskamerorna satt. Den största skadan skulle bomben göra på nedre plan. Men det var inte säkert att telefonen skulle fungera där och det skulle vara mer spektakulärt om han detonerade bomben på övre plan. Han antog också att det skulle vara mest människor i rörelse på övre plan under ånglokens dag. Han fokuserade sig alltså på övre plan, fast det var vardag mitt i veckan var det många poliser och vakter som rörde sig bland resenärerna hur skulle det då vara när det var ånglokens dag? Det verkade som övervakningskamerorna täckte den största delen av övervåningen så det skulle bli svårt att placera väskan utan att den syntes. Det gällde att få väskan att se ut som en del av inventarierna. Plötsligt slogs han av tanken tiggarna var en del av inventarierna, det satt fyra stycken på övre plan. De satt vid ingångarna, en del satt på en låda några satt på kuddar och alla hade vinterjackor och olika typer av mössor, framför sig hade de en pappersmugg och någon hade ett papper med foto av ett barn som såg lidande ut. Om han kunde byta plats med en av tiggarna skulle han kunna sitta på väskan och ha någon filt över den, sedan skulle han kunna lämna sina saker för att gå på toaletten, det hade han sett tiggarna göra i inomhus centrarna som han jobbat i. Men han måste ta reda på om de olika tiggarna hade egna platser, om samma tiggare alltid satt på samma plats. Vid stora ingången mot Vasagatan satt en tiggare i hans egen ålder och Ali gick fram till honom och gav tjugo kronor, mannen log och sade något som Ali inte fattade. Han försökte tilltala mannen på arabiska och engelska men han bara log och skakade på huvudet. Nästa steg skulle bli att ta reda på om han satt varje dag där och sedan fundera ut hur han skulle kunna ta hans plats när han skulle genomföra attentatet.

Venessa flyttade till en andrahandslägenhet i Alby, hon skulle berätta för kvinnor hon träffade att hon varit gift i Göteborg men att hon lämnat sin man för att han misshandlade henne. Hon skulle säga att hon skulle börja ett nytt liv och att hon saknat den muslimska gemenskapen. Det var med blandade känslor hon gick till moskén första gången, dels var hon rädd att det skulle vara någon från hennes tidigare liv som muslim som skulle känna hennes förflutna dels var hon rädd att någon av männen som gick där skulle känna igen henne. Det kändes också ovant att ha svarta kläder och håret täckt, det var tio år sedan hon burit sådana kläder. Men hon hade inte behövt vara orolig, kvinnorna som hade en egen avdelning i moskén, tog emot henne med öppna armar, och redan efter första besöket hade hon blivit hembjuden till en kvinna som sedan blev hennes väninna. Redan efter en vecka, då hon gått dit regelbundet, kunde hon börja ställa diskreta frågor om männen som gick där. Kvinnorna som trodde att hon var intresserad av att få kontakt med någon "ledig" man svarade gladeligt på hennes frågor. Det var till stor hjälp för poliserna som sökte efter återvändare i området, och de kunde genast avfärda två återvändare som av olika anledningar inte kunde varit inblandade i Forsmark sprängningen. Men den stora frågan, vem som var inblandad, kunde hon inte få fram.

Ali var tillbaka på Centralstationen en vecka senare, han fann att det var samma tiggare som satt vid huvudentrén. Klockan var fem på eftermiddagen så han bestämde sig för att skugga tiggaren för att se var han brukade sova på nätterna. När strömmen av människor började minska vid sjutiden plockade tiggaren upp sina saker och gick till Mac Donald som ligger i stationsbyggnaden. Han åt en hamburgare och slog följe med några andra tiggare som han tydligen kände, därefter gick de mot Hötorget och träffade ytterligare fler bekanta där. På Hötorget var det flera romer och de satt och rökte och pratade i grupper som antagligen var familjer eller att de kom från samma by. Vid tiotiden gick tiggaren som han skuggade tillbaka mot Centralen och över kungsbron till Kungsholmen, där följde han gångvägen som går längs vattnet mot Sankt Eriks bron. Ali följde honom på behörigt avstånd och var nära att missa honom när han lämnade gångvägen och gick in i en skogsdunge vid Hornsbergs Strand. Försiktigt smög Ali efter honom in i skogsdungen, han hörde röster och såg att några tiggare hade ett provisoriskt läger med en uppspänd presenning och några madrasser där de tydligen övernattade. Han stannade kvar en stund i närheten av lägret för att vara säker på att "hans" tiggare var kvar och tänkte övernatta där. När han gick tillbaka funderade han på hur han skulle kunna "ersätta" tiggaren med sig själv eller Ibrahim, en plan började ta form, men han behövde hjälp av Ibrahim.

Kapitel 15

När Ibrahim ringde på dörren till sina föräldrars lägenhet i
Hammarkullen i Göteborg blev det en positiv chock för
dem. De trodde han hade stupat i Syrien för de hade inte
hört av honom på tio månader, hans mor grät och hela släk-
ten samlades i lägenheten och Ibrahim fick berätta om sina
äventyr under kriget. Hans föräldrar såg olika på det som
hänt, hans mor grät ändå mer då hon fick reda på att han
hade en krigsskada men hans far var stolt över sonen. Små-
syskon och kusiner lyssnade med beundran på hans berät-
telse. Fadern berättade att polisen varit där och sökt ho-
nom vid två tillfällen, men Ibrahim viftade bort det, han be-
rättade att han mist sina papper och pass vid ett bomban-
fall i Syrien och att han följt med flyktingströmmen av pap-
perslösa till Sverige. Han hade också uppgivit fel namn vid
registreringen vid gränsen för han trodde att det var straff-
bart att resa till Syrien, men nu hade han fått reda på att så
inte var fallet. Så det var bara att hämta ett nytt pass och
om polisen frågade skulle han bara berätta sanningen. Se-
nare på kvällen när släkten gått hem satt han och fadern
uppe och pratade om Ibrahims framtid. De beslöt att han så
snabbt som möjligt skulle börja arbeta och om polisen kom
skulle fadern intyga att Ibrahim kommit direkt från Syrien,
via den vanliga färjan i Helsingborg, för han kunde svenska
så det var inga problem att resa utan ID handlingar från
Danmark. Ibrahim påpekade för fadern att det var viktigt
med datumet som han kommit för efter sprängningen i
Forsmark jagade polisen alla hemvändare fadern nickade

att han förstod. Redan samma vecka började Ibrahim ar-
beta svart i sin farbrors grönsaksaffär och på kvällarna um-
gicks han med sina tidigare vänner, han hade nu en helt an-
nan status i Hammarkullen och han trivdes med det. Ryktet
spred sig och nådde polisen efter några dagar. Två veckor
efter hemkomsten till Göteborg kom polisen och hämtade
honom i affären, men Ibrahim var inte orolig, han visste att
alla hemvändare blev förhörda så poliserna var väntade.
Vid förhöret märkte han att de var mest intresserade av da-
tum när han kommit, och när han rest. När de frågade om
kriget ryckte han på axlarna och sade att krig är krig, man
skjuter på varandra men han hade personligen aldrig dödat
någon. Med det verkade de nöjda och släppte honom redan
efter en timme. Han passade också på att gå till sjukhuset
för att undersöka det skadade benet och efter att ha rönt-
gat det fann de att det läkts utan att sitta i rätt läge. Genom
att göra en operation skulle de nog återställa benet helt,
men det fanns ingen garanti för att det skulle lyckas så Ibra-
him sade att han ville vänta och fundera på saken. Om Ali
behövde hjälp kunde han inte komma med gipsat ben.

Under tiden hade Venessa hunnit skaffa flera väninnor som
hon umgicks med även när hon inte var i moskén. En efter-
middag när hon och en väninna satt och drack te på en ute-
servering frågade hon så likgiltigt hon kunde om det var
många från Botkyrka som rest till det heliga kriget i Syrien.
Väninnan lutade sig fram och sade att hon kände fyra som
rest, men endast två hade kommit tillbaka, den stilige Ali
som också kommit tillbaka, men som påstod att han aldrig
varit i Syrien men det var ingen som trodde honom, han har

förresten ingen kvinna så jag kan peka ut honom för dig, tillade hon. Redan samma kväll hade polisen den informationen och Alis namn fördes in på den lista av åter-vändare som skulle granskas.

Annars hade polisen inte lyckats med något genombrott, vad de diskuterade vid senaste morgonmötet var om och var terroristerna skulle slå till nästa gång. Bevakningen på kärnkraftverken var nu så rigorös så ingen trodde att de skulle slå till där igen. Men förra gången en självmords-bombare hade varit i Sverige hade målet varit Centralstat-ionen också Arlanda var ett troligt mål. De beslöt att under-söka om det var någon tillställning som förväntades dra mycket folk på någon av de platserna, samtidigt skulle be-redskapen höjas ytterligare där. Av listan med återvändare återstod det nu sextio personer, några av de kontrollerade skulle följas upp ytterligare men inget hade hittills fram-kommit som pekade på att någon av dem varit inblandade. De noterade att ett tips från Venessa var att ytterligare en eventuell IS krigare skulle vara bosatt i Botkyrka. En av spa-narna fick till uppgift att följa upp det. När den ordinarie dragningen var klar kom teleexperten som läst polisens rap-port om telefonspaningarna som bedrivits. Bengt bad ho-nom att utgå från att ingen i gruppen visste något om tele-foni, så han skulle dra det på en elementär nivå. Experten som såg ut att vara i trettioårsåldern och var klädd i Jens och jeansjacka och hade starka glasögon och långt ovårdat hår, han såg minst av allt ut som en expert. När han tog till orda märktes det också att han inte var van vid muntligt framförande, men det gick bättre när han fick skissa på ett

skissblock när han förklarade. Det han framförde var i en
förkortad variant att de personer som utfört sprängningen
tydligen hade en telefon som var avstängd och som de end-
ast slog på vid sprängningsögonblicket. Det tydde på att för-
övarna var väl medvetna om att det gick att spåra avsädar-
telefonen och lokalisera den via GPS. Så långt var Björn och
den övriga gruppen informerad för de hade också läst polis-
rapporten, men fortsättningen var intressantare. Jag har en
ide' hur man skulle kunna stoppa nästa sprängning sade ex-
perten och gjorde en konstpaus, vi har numret på "spräng-
telefonen" som användes i Forsmark. Vi skulle kunna lägga
in i vårt system att den stängs av för utgående samtal så
fort den slås på, samtidigt larmas teleoperatörerna och GPS
spårning påbörjas genast. Har han telefonen påslagen till-
räckligt länge kan vi finna honom, hans telefon skickar sig-
naler även när vi stoppat utgående samtal från den. Det
blev tyst en stund när alla tog in vad han sagt. Sedan frå-
gade någon "vad händer om han tar fram sin vanliga tele-
fon och ringer numret till mobilbomben?" Då smäller det
sade experten kort, sedan är det en annan hake som måste
lösas och det är att vi måste veta vilken mast som är närm-
ast sprängplatsen för annars tar det för lång tid att stoppa
hans telefon och påbörja GPS spårning. Det blev en livlig
diskussion om för och nackdelar men de enades om att de
skulle testa vilka tider som gällde genom att göra försök och
använda de master som stod närmast Centralen och Ar-
landa. Någon föreslog att signalen som kom från sprängte-
lefonen samtidigt skulle utlösa ett evakuerings larm, försla-

get antogs. Den som skulle leda försöken skulle vara experten så han fick skriva på ett papper om tystnadsplikt, sedan påbörjade genast arbetet.

Kapitel 16

En dag när Ali arbetade i Skärholmen märkte han att en tro-
lig polis bevakade honom men han låtsades inte som han
märkte det. När han packade sitt material för att gå hem
kom polisen fram till honom och visade sin bricka och sade
att han ville prata med honom. Ali suckade och sade ni tror
alltså att jag är en hemvändare, men jag har faktiskt inte va-
rit i Syrien, polisen nickade och sade att det är bäst att du
följer med till polisstationen och svarar på våra frågor. När
han kom dit berättade han samma historier som han berät-
tat för turkiska polisen och för bekanta när han kom hem.
På frågan om vem som fick honom att åka svarade han att
det helt och hållet var hans eget initiativ, ingen hade påver-
kat honom. Nästa fråga var förutsägbar, var du vid spräng-
ningen i Forsmark? Ali log och sade att jag väntade bara på
den frågan men jag var faktiskt inte långt från Forsmark, jag
var i ett inomhuscenter i Gävle och försökte sälja telefona-
bonnemang när larmet om sprängningen gick. Nu blev poli-
sen intresserad och undrade om han var ensam i Gävle, Ali
nickade och berättade att han ensam rest till Gävle tidigt på
morgonen och börjat försäljningen när inomhus centrat
öppnade på morgonen. När polisen frågade om någon sett
honom där svarade Ali att det var en idiot till vaktmästare
som börjat bråka om tillstånd att vara där. Men tack vare
det samt att det inte gick att sälja något på grund av
sprängningen i Forsmark så bestämde han sig för att åka
hem samma dag. Polisen antecknade vad han sagt och sade

att de skulle återkomma om de hade några ytterligare frågor. Ali förstod att han nu hade ögonen på sig och det var viktigt att de inte fick reda på var han hade sitt förråd. För säkerhets skull tvättade han bagageutrymmet på bilen en gång till om bilen skulle undersökas av bombhundar. Men nu var det bara två veckor till ånglokens dag och han måste förbereda nästa attentat. Han åkte till en telefonkiosk och ringde Ibrahim och berättade om sin plan och de bestämde att Ibrahim skulle ta ett tåg dagen innan dagen S, som de kallade attentats dagen, sedan skulle Ali lösa en enkelbiljett till Göteborg som han skulle ge Ibrahim när han kom. När det återstod en vecka till S dagen åkte Ali till Centralen igen, han gick runt och kontrollerade om några nya kamrerer blivit uppsatta men han kunde inte se någon skillnad mot förra besöket. Efter inspektionen gick han till tiggaren som satt vid stora ingången och fann till sin lättnad att det var samma tiggare som suttit där förra gången. Han gick fram till honom och hukade sig ner och log tvetydigt mot honom och lade en hundralapp i skålen, när han reste sig sade han "love" och blinkade mot den förvånade tiggaren och gick.

Testen som telefonexperten gjorde var att han tog en ny telefon med betalkort, gick in i systemet och lade in "stopp för utgående samtal" på det aktuella numret. Sedan kopplade han ett larm till ledningscentralen och spårning påbörjades då larmet gick. Personal placerades ut vid Centralstationen och Arlanda som påbörjade sökning med GPS så snart de fick signalen från ledningscentralen. Sedan testade de genom att ringa från platser nära de misstänkta målen

och tog tid hur lång tid det tog att hitta sändarmobilen ef-
ter att den slagits på. Tio tester gjordes vid Centralen och
lika många vid Arlanda. Det visade sig att resultatet inte var
samma vid de två målen, snabbast gick det på Arlanda och
det hängde samman med hur masterna var placerade i för-
hållande till målet enligt experten. Den snabbaste tiden på
Arlanda var fem minuter och den långsammaste var elva
minuter motsvarande siffror på Centralen var sju respektive
sexton minuter. Resultatet var så pass lovande att polisen
beslöt att genast påbörja bevakningen på båda platserna
och ha extra personal på plats vid ånglokens dag.

Emanuel Bergkvist satt vid sitt skrivbord med en löpsedel
utrullad framför sig, texten på löpsedeln var med stora bok-
stäver "SD STÖRSTA PARTIET MED 32% ENLIGT FLERA MÄT-
NINGAR" och " NYVAL KRAV FRÅN SD". Han väntade på ett
telefonsamtal, men denna gång var han inte orolig. Mycket
riktigt ringde telefonen och statsministerns sekreterare,
som i vanlig ordning inte presenterade sig, skrek vad fan
har ni skrivit på löpet? Är du inte läskunnig kan jag läsa upp
det svarade Emanuel. Jag trodde att jag var tydlig förra
gången, sade sekreteraren men nu ser det mörkt ut för
presstöd till er tidning och jag skall kontakta styrelsens ord-
förande för tidningen och informera honom. Du kan kon-
takta vem fan du vill men i fortsättningen kommer detta att
vara en obunden tidning som inte går i erat ledband sade
Emanuel och kastade på telefonen. Han lutade sig tillbaka i
stolen och kände att han mådde bra.

Dagen S närmade sig och Ali planerade för hur han skulle
göra efter sprängningen, hans plan var att kasta "spräng-

mobilen" så det inte gick att hitta den. Förrådet skulle han städa noggrant före attentatet och kontraktet på förrådet var redan avslutat med början på nästa månad. Han förstod att det skulle bli ett enormt pådrag om attentatet lyckades så han skulle försöka skaffa sig ett alibi för den tiden dådet utfördes. Fyra dagar före dagen S kallades han till polisstationen för kompletterande förhör, han hade räknat med det så han var inte förvånad. Det var samma polis som förhört honom förra gången och frågorna var i stort sett detsamma. Ali förstod att de varit i kontakt med den otrevliga vaktmästaren och fått bekräftat vad Ali sagt. När polisen frågade om han hade något som styrkte att han varit i Gävle den aktuella tiden skakade Ali på huvudet, var parkerade du frågade polisen och Ali svarade att det var ett parkeringsgarage i anslutning till inomhuscentret. Då har de väl en parkeringsbiljett? Sade polisen. Ali tänkte efter en stund och nickade, det bör jag ha och i så fall är den i bilen, jag gör avdrag för parkeringskostnad i deklarationen. På vägen ut följde polisen med för att se om kvittot var där. Ali gav honom en låda med kvitto och sade kolla själv. Polisen bläddrade genom kvittona och höll upp ett som det stod Gävle P-garage på, här är det sade han jag skall bara ta en kopia på den. När Ali fick tillbaka kvittot sade han, Ok då är vi klara? Polisen nickade och sade om det något ytterligare hör vi av oss. När Ali åkte hem drog han en suck av lättnad, det verkade som trixet med parkeringskvittot fungerade men det var nu ändå viktigare med ett alibi dagen S, det gick inte att använda samma trix igen.

Kapitel 17

SD.s inofficiella ledningsgrupp hade åter samlats i lägenheten på Östermalm, stämningen var hög och löpsedeln från kvällspressen var uppsatt på väggen och en låg bland flaskorna på bordet. Partiordförande höjde glaset och sade "skål för vår pressansvarige Bengt, det här har du gjort bra" och alla höjde sina glas. Bengt flinade lite generat och svajade till en aning när han höjde sitt glas med orden "skål för en fri press" alla skrattade. Hur går förresten polisutredningen undrade någon. Jarl, vise ordförande, blev alvarlig, jag har kollat med polisen som jobbar på Kungsholmen och det verkar som de är övertygade om att det är en hemvändare som är skyldig. Men de verkar inte ha någon misstänkt utan kontrollera alla kända hemvändare och det tar tid. Men snutarna vet att polishuset läcker som ett såll så det mesta är mörkat även för de poliser som inte arbetar med fallet. Antagligen finns det lika många inte kända hemvändare som kommit med flyktingströmmen så man kan säga att det ser mörkt ut för poliserna avslutade han. Kan vi inte använda vår sida i Kvällspressen till att ifrågasätta polisens vilja att lösa attentatet i Forsmark? Undrade partiordförande. Bengt nickade, det är redan på gång men i nästa nummer kommer en redovisning av kostnaderna för sprängningen i Forsmark, dels de direkta kostnaderna för att reparera skadorna men också bortfall av elproduktion under ett år, det blir en enorm kostnad och vi skall antyda att det i förlängningen kommer att påverka pensionerna. En annan sak som är positivt är namnlistan på nätet för omval, sade partiordförande. Vi har redan fått in två hundra tusen namn. Men det är oklart med namninsamlingar på nätet, ingen tycks veta vad som gäller men vi har ställt som krav att de som är med på listan skall ange personnummer, då kan ingen säga att någon röstat flera gånger.

Efter mycket funderande hade Ali kommit på ett sätt att skaffa sig alibi vid sprängningen. Han beställde en biljett via nätet mellan Stockholm och Göteborg med samma tåg som Ibrahim skulle åka hem med. Efter attentatet i Forsmark litade Ali på Ibrahim till hundra procent. Hans kallblodighet när han sköt städaren visade att han tog kriget på alvar och Ali var glad att han skulle medverka vid sprängningen i Centralstationen.

Polisen var pressad att visa resultat, felet var att de inte hade något resultat att visa. Utredningen tycktes ha kört fast de hade kontrollerat de flesta hemvändare utan att finna något som pekade på att de var inblandade. Björn som ledde arbetet började tvivla på att de var på rätt spår. Kanske arbetade han med ett "kurdspår" som Holmer gjort till han fick sparken. Gruppen samlades och hade ett "brandstorm möte" men hur de vände och vred på de få uppgifter de hade att arbeta med kom de ändå fram till att IS låg bakom, men var det verkligen en hemvändare? Det fanns de som sympatiserade med IS i Sverige och som inte åkt till Syrien. En sak som pekade på IS var att de så snabbt tagit på sig attentatet, det verkade som de var förberedda på att något skulle hända. Venessa som gick i Botkyrka moskén kunde intyga att det fanns många som sympatiserade med attentatsmännen men hon fick inte fram några fler okända återvändare än Ali, som tydligen hade alibi vid attentatet. Vid förhör med återvändare frågade de alltid om de träffat några andra svenskar i Syrien, några hade faktiskt svarat med namn, men ingen nämnde Ali. Pressen på politikerna blev allt hårdare, stopp för invandring var ett krav som gav SD luft under vingarna och de etablerade politikerna började märka att det inte gick att tiga sig från problemet. I synnerhet när SD fått tillgång till en egen tidning, det visade sig också att Aftonposten ökat när de börjat skriva om sådant som de etablerade tidningarna inte skrev om. Ett annat problem var att det hade bildats mer eller mindre militanta medborgargarde som sade sig värna om medborgarnas trygghet. Resultatet blev naturligtvis det motsatta, de mest militanta grupperna kom från fotbollens supporterskaror. Mest ökända var Hammarbys Fredsänglar som i hyrda bussar åkte till invandraromräden och förvandlade området till rena slagfälten. I ett upplopp i Akalla dödades fyra personer en huligan och tre invandrare. Det infördes undantagstillstånd i vissa utsatta områden och militär patrullerade de mest utsatta områdena. Det största problemet var att de inte var utbildade för de uppgifterna och att det fanns så få militärer så de fick sätta in hemvärnet som var ändå mindre utbildade för uppgiften än de vanliga militärerna, alla var rädda för ett nytt Ådalen 31. Av de etablerade politiska partierna var det Miljöpartiet som hade svårast att förstå den verklighet som nu Sverige nu levde i. De gick konsekvent mot alla konstruktiva förslag som lades fram för att lösa den pågående krisen och hade det varit val nu hade de fallit på fyraprocent gränsen. Det var många som ville att ånglokens dag skulle ställas in men stadsministern hade deklarerat att vi inte skall låta oss styras av kriminella element, vi skall leva som vanligt annars har terroristerna vunnit och så fick det bli.

Kapitel 18

Ånglokens dag var på en söndag i mitten på juni och Ali gjorde de sista förberedelserna på fredag två dagar före S dagen. Han tog bilen och åkte en massa krokvägar för att vara säker på att han inte skuggades. Sedan körde han till förrådet och kontrollerade att sprängmobilen var laddad samt bytte batterit som skulle utlösa tändhatten. För säkerhets skull testade han att sätta dit lampan i stället för tändhatten och ringa på sprängtelefonen och det fungerade. Vad han inte visste var att när han slog på mobilen som skulle skicka signalen till bomben noterades det av nätoperatören, en signal gick ut att mobiltelefonen skulle spåras för utgående ringsignaler och larmet gick i Centralstationen och på Arlanda samtidigt som spårningen av telefonen påbörjades. Men telefonen var påslagen så kort tid att ingen hann reagera och mobiltelefonen hann inte stängas så testen fungerade för Ali. När han var klar med bombväskan städade ha förrådet och lade allt utom bombväskan i en plastsäck sedan lämnade han förrådet olåst och bar ut bomb och sopor i bilen. På vägen hem kastade han säcken i en container. Det var en risk med att ha bomben liggande i bilen under natten men vissa risker var han tvungen att ta. När han satt och åt med sina föräldrar på kvällen sade han i förbigående att han skulle åka till Göteborg i morgon och besöka en bekant som de inte kände men som han träffat i Turkiet. Han trodde att han skulle vara borta några dagar, hans far tittade undrande på honom men sade inget och de åt under tystnad. Ali anade att hans far misstänkte att något var på gång men att han sade inget, blod är tjockare än vatten så Ali räknade med familjens lojalitet. Innan han lade sig packade han lite kläder i en väska och gick till moskén för att be om att det sista attentatet skulle lyckas. Han pratade också med sin kontaktperson där och bad honom förvarna IS att det skulle hända något under helgen och att de skulle vara beredda med att gå ut med ett meddelande så snabbt som möjligt. Han berättade inga detaljer för i han litade inte på någon utom möjligen Ibrahim.

Lördagsmorgonen var en vacker sommarmorgon med klar himmel men Ali tänkte på annat när han vid tiotiden åkte till Tälje Södra för att hämta Ibrahim som kom med tåg från Göteborg. Tåget var i vanlig ordning en kvart försenat och Ali hade först svårt att känna igen Ibrahim som börjat med skägg men det blev ett varmt återseende och de satt i bilen och berättade vad som hänt sedan de skilts. Sedan redogjorde Ali i detalj för hur han planerat attentatet, Ibrahim satt tyst och lyssnade och nickade uppskattande ibland, när han var klar med redogörelsen kom Ibrahim med några kompletterande frågor. Jag måste ha en tunn wire eller en kraftig ståltråd sade Ibrahim och de kom överens om att köpa det i Södertälje innan de åkte till Stockholm. De stannade i Lunda industriområde och köpte en tunn stålwire samtidigt passade på att äta lunch där. När de ätit färdigt körde Ali E4 an till Stockholm där svängde han av och följde Bergslagsvägen till Brommaplan där tog han av och körde Drottningholmsvägen till Judar Skogens naturreservat som ligger Nockbyhov. De stannade på en parkeringsplats som

låg i anslutning till reservatet. Det gick en bred grusad gång-
väg mot Judarsjön som de följde några hundra meter sedan
kom de till en korsande mindre stig som försvann in vid
några stora stenblock. Ali följde den mindre stigen till de
kom fram till ett tätt snår vid ett dike. De hade varken sett
eller hört några människor under promenaden, Ali stan-
nade och nickade mot snåret där kan du gömma dig när du
hör oss komma sade han, jag skulle tippa att det tar lite
över en timme innan vi kommer. Ibrahim nickade och sade
kommer det andra människor försöker jag väl gömma mig?
Ali nickade och började gå tillbaka till bilen. När han satte
sig i bilen tände han en cigarett och försökte slappna av, nu
skulle den svåraste delen av planen genomföras och det var
upp till honom om det skulle lyckas. Det gick förvånansvärt
snabbt att köra till Centralstationen, rusningstrafiken hade
inte börjat än, men det tog tid att hitta en svindyr parke-
ringsplats nära Centralen. Ali kammade sig och tittade i bi-
lens backspegel för att se om han såg presentabel ut, sedan
plockade han fram två femhundringar som han lade löst i
fickan och gick med bestämda steg mot Centralens huvud-
ingång. Det var den "vanliga" tiggaren som satt där, vilken
tur. Ali gick fram till tiggaren, som lyste upp då han fick se
honom, och satte sig på huk så att övervakningskameran
var bakom honom. Han tog fram en femhundring och höll
den framför tiggaren när denna sträckte sig efter den drog
Ali undan den och sade "love" tiggaren tvekade och Ali vi-
sade den andra sedeln och då nickade tiggaren och reste sig
och skulle följa med. Men Ali pekade på hans packning som
låg på golvet och gjorde en gest att han skulle ta med sig
dem, han försökte med en gest visa att han kunde tvätta

sina kläder. Det var oklart om tiggaren fattade vad han me-
nade men han tog sitt bylte under armen och följde Ali ut
till bilen.

Kapitel 19

När de satte sig i bilen bjöd Ali på en cigarett som tiggaren girigt tog mot. Sedan sade tiggaren "monny" Ali nickade och gav honom en av sedlarna och sade "moore late" och tiggaren nickade. Resan tillbaka till reservatet gick långsammare än ditresan för eftermiddagsrusningen hade börjat. Tiggaren verkade lite orolig över att de åkte så långt men Ali log mot honom och sade "summer house" det var fortfarande oklart om han förstod men han blev lugnare. För att distrahera honom pekade Ali på sig själv och sade "Hammed" sedan pekade han på tiggaren som log och svarade "Dine" oklart om det var förnamn eller efternamn. När de svängde av vid Brommaplan och började köra Drottningholmsvägen blev Dine orolig igen och Ali försökte lugna honom med "summer house" igen och tillade "vodka" och då blev Dine lugnare och log. Äntligen var de framme vid parkeringsplatsen och det var skönt att komma ur bilen för Ali hade de märkt att Dine luktade illa, han hade antagligen inte tillgång till tvättmöjligheter, så Ali hade i smyg öppnat ett fönster lite men det hade inte hjälpt. De hade tur det var inga människor där och Ali tog Dines bylte och började gå längs gångvägen in i reservatet och Dine följde efter. När de kom fram till korsningen med stigen stannade Ali och lyssnade men han kunde inte höra ljud från människor så han pekade på stigen och log mot Dine och sade "summer house near". Tiggaren såg skeptisk ut men började gå framför Ali på stigen, Ali pratade med hög röst för att förvarna Ibrahim. När de närmade sig platsen där Ibrahim skulle

vänta tog Ali fram revolvern om något skulle gå fel. Ali kun-
de inte se Ibrahim som gömt sig i det täta snåret och det
gjorde tydligen inte Dine heller för han blev fullständigt
överraskad när Ibrahim tog ett snabbt steg upp på stigen
bakom Dine och med en svepande rörelse lade wiren runt
halsen på honom och drog åt. Men Dine var ung och stark,
hans första reaktion var att försöka greppa wiren som låg
runt halsen men det var för sent Ibrahim hade redan dragit
åt så mycket han orkade då gjorde han något oväntat han
kastade sig bakåt. Ibrahim tappade balansen och föll bak-
länges med Dine över sig. Ali stod med revolvern i handen,
men han kunde inte skjuta dels för att han var rädd att lju-
det skulle avslöja dem, han var också rädd att han skulle
träffa Ibrahim. Dine började bli blåröd i ansiktet men han
kämpade fortfarande och med en rosling började han vän-
da sig mot angriparen samtidigt som han slog med armbå-
gen Ibrahims huvud. Ali gav honom ett våldsamt slag i hu-
vudet med kolven på revolvern och då slutade han kämpa.
De låg orörliga och det enda ljud som hördes var flämt-
ningar från Ibrahim som fortfarande drog så mycket han or-
kade i wiren. Efter någon minut kände Ali efter pulsen på
Dines handled sedan nickade han mot Ibrahim och sade
"ingen puls du kan släppa honom". Ibrahim knuffade undan
kroppen med en äcklad grimas och sade; "jävla as han pis-
sade på mina byxor" sedan gjorde han en paus och tillade
"det var en stark jävel". Vi måste få undan kroppen sade Ali
det kan komma någon joggare när som helst. Han tog av li-
ket jackan och byltet som han burit på och med gemen-
samma krafter släpade de in liket femti meter från stigen
där de hittade ett stenrös som de tog sten från och täckte

över det. När de var klara var båda svettiga och andfådda och de började gå mot bilen. På vägen mot bilen mötte de två kvinnor som joggade men de fäste ingen uppmärksamhet vid dem. Väl framme vid bilen sade Ali efter en titt på klockan att det är nog dags att börja köra mot Södertälje igen det kan vara köer vid den här tiden. De åkte under tystnad och kom fram till Södertäljes station en timme innan tåget till Göteborg gick. De ställde bilen i skuggan och öppnade fönstren så det fläktade. Ali tog fram två papper en biljett utställd i hans namn till tåget som nu skulle gå till Göteborg samt en skriven lapp. Ok nu tar vi det från början sade han, du går på tåget och väntar till konduktören kommer och klipper din biljett. Sedan väntar du en stund och går på toaletten och rakar dig, tag av jackan och gå och sätt dig på min plats och när konduktören kommer visa du honom min biljett och säger "ursäkta men du klippte inte min biljett för jag var på toaletten när du gick förbi" Ibrahim nickade och tog biljetten. På det andra pappret har jag skrivit vad vi gör i Göteborg fram till söndagsmorgon då jag börjar lifta till Stockholm. Vi kan gå genom det och se om det verkar rimligt, Ibrahim läste högt och när han var klar nickade han. "Bra" sade Ali då lär du dig det utantill och kastar pappret, Ibrahim nickade igen och stoppade pappret i innerfickan. När vi träffas igen är vi i Syrien sade Ibrahim och log eller i himlen inflikade Ali men vi har i så fall stupat som heliga krigare, Ibrahim gav honom en snabb kram när han klev ur bilen och tog sitt bagage och började gå mot ingången till stationen. För första gången kände Ali sig ensam, hur skulle hans liv gestalta sig? Skulle han bli en legend inom IS eller en martyr som stupade i kamp mot de otrogna? Han hade fortfarande chansen att hoppa av, leva ett svenssonliv i förorten som en andraklass medborgare men när han gått så här långt måste han löpa linan ut, annars hade allt han gjort varit meningslöst.

Nu återstod bara att vänta, först till klockan tio på söndag sedan skulle han vara tvungen att hålla sig undan till måndag eftermiddag då han officiellt kom från Göteborg. Klockan hade blivit sex så Ali åkte in till torget i Södertälje och åt i en korvbar och drev runt och tittade på folklivet. Det var som att komma till ett välmående arabland där alla nationaliteter var representerade. Ali hade svårt att förstå att Sverige tog mot så många flyktingar men för hans del var det bra, hans liv i Sverige hade trots allt varit bättre än om han växt upp i krigshärjade Syrien. Men han kände att han hade sina rötter i Syrien och det var där han ville bosätta sig. Men han vågade inte vara kvar så länge i Södertälje det var för många han kände och han ville inte bli sedd förrän på måndag eftermiddag. Han tog bilen och började köra mot Nynäshamn där han inte kände så många, det tog ungefär en timme att köra dit i makligt tempo. I Nynäshamn är hamnen en naturlig samlingspunkt, här ligger färjorna som går till Gotland och en småbåtshamn som sjuder av liv under sommarmånaderna och Ali parkerade på en parkeringsplats som låg i anknytning till färjeterminalen. Han strosade omkring i hamnområdet och tog en öl på en uteservering vid elvatiden tunnades besöksströmmen i hamnen ut och Ali beslöt att gå till bilen och försöka få några timmars sömn. En fördel med att ha bilen parkerad på färjeterminalens parkeringsplats var att det inte verkade så

underligt att sitta och sova i bilen, det var flera bilar som
stod parkerade med människor som sov eller försökte sova
i väntan på kommande eller avgående färjor. Ali gjorde det
så bekvämt han kunde, som tur va hade han en filt med sig
som han rullade in sig i, morgondagen skulle bli ödesmät-
tad.

Kapitel 20

Björn Vinblad granskade pappren han hade i handen, det var en gärningsmannaprofil som tagits fram av den nystartade enheten som helt enkelt hette profilgruppen. De hade fått utbildning i Amerika, som är ledande på det området, och detta var ett av deras första uppdrag. Bengt läste högt "ung vit man utan stadigt sällskap" "kan vara straffad förut" han bläddrar vidare "politisk tillhörighet på vänsterradikala eller högerradikala sidan" "kan ha invandrarbakgrund". Han kastade pappren på skrivbordet och sade "sån här skit får folk betalt för att skriva" en rad gissningar och självklara påpekande, inget konkret att ta i". Stämningen i gruppen hade försämrats de sista dagarna, de hade helt enkelt inget spår att följa. Pressen från polismästaren ökade i samma takt som politikernas press på honom ökade och politikerna var nu hårt pressade av allmänheten som fodrade resultat. Kravet på att gå ur EU blev mer och mer utbrett och det skrämde alla etablerade politiker, inte för att de trodde det skulle skada Sverige utan alla räknade med ett välbetalt arbete i Bryssel efter avslutad politisk karriär. Nästan alla återvändare var nu granskade utan att det givit något och Björn började luta åt att det var någon IS sympatisör som inte varit i Syrien men fått sin utbildning i Sverige, men av vem? En annan oroande information var att sändarmobilen slagits på dagen innan men genast stängts av så de hann aldrig spåra den men den hade tydligen kopplat upp sig mot en mast söder om Stockholm. Det troliga var att terroristen kontrollerade utrustningen och i det sammanhanget

startat mobilen. Men det hade varit så kort tid på att spärr-
ningen av telefonen inte slagit till så förmodligen märkte
inte terroristen att telefonen spärrats. Men den indikerin-
gen tydde på att söndagen var ett troligt datum för nästa
terrorattack och det var Ånglokens dag som verkade vara
den mest troliga platsen. Gruppen beslöt att försöka lokali-
sera de kända återvändare och terrormisstänkta som bod-
de i Södertälje och Botkyrka. De hade tagit fram en lista på
de åtta "hetaste" namnen och spanare sattes in för att lo-
kalisera dem. Ett annat spår som följdes upp var om de
misstänkta hade arbete som gjorde att de kunde röra sig
fritt även under arbetstid samt om någon hade någon erfa-
renhet av mobiltelefoner. Där stack naturligtvis Ali ut så
han hade hamnat på listan av "heta namn". Problemet med
de misstänkta på listan var att de flesta inte hade något
jobb så man kunde säga att alla misstänkta passade in på
gärningsmannaprofilen. Genom att pejla in mobiltelefo-
nerna kunde man lokalisera fyra av de misstänkta de reste-
rande fyra fick de åka till deras adresser och spana efter på
det "gamla sättet". När de inte fick tag på Ali ringde de hem
till honom och fick information om att han rest till Göteborg
på morgonen och väntades hem om några dagar. Vad han
gjorde i Göteborg visste inte föräldrarna. Björn lämnade ar-
betet vid fyratiden på lördagseftermiddagen med känslan
att han gjort vad han kunde men han tänkte också arbeta
på söndagen för han hade en magkänsla att det var då nå-
got skulle hända.

Ali sov dåligt den natten, dels var det obekvämt att sova i
bilen men det var också det förestående attentatet som

höll honom vaken. Han var medveten om att detta kunde vara sista morgonen som han upplevde för han hade inga planer på att ge sig frivilligt om något gick fel, därför tänkte han ha sin revolver med sig. Han gick upp vid sextiden för solen sken på bilen så det blev för varmt att sova i. Hamnen hade toaletter och duschar som seglarna kunde använda om de kunde koden som de fått då de betala hamnavgift. Ali lyckades smita in genom att gå efter en seglare som öppnade dörren. Han kunde därför både duscha och borsta tänderna och kände sig bättre till mods efter det. Planen var att han skulle vara på plats någon gång mellan nio och tio. Han ville inte vara för tidig för då kunde poliserna kolla honom men om han var för sen skulle någon annan tiggare kunna ta hans plats. När han kom tillbaka till bilen beslöt han sig för att börja köra mot Stockholm i lugn takt och äta frukost på vägen. Det var åter en vacker morgon när han började köra den nya motorvägen in mot Stockholm, när han kom till Haninge svängde han av och körde in på en nattöppen bensinmack och köpte en ostsmörgås och en kopp kaffe. Med tanke på att han skulle hålla sig gömd till måndag eftermiddag köpte han också vatten, ost, smör och en limpa som skulle bli hans proviant under de närmaste dygnen. När han lämnade bensinmacken hade klockan redan blivit åtta och han började köra de sista två milen till Centralen. Det var relativt tidigt en söndagsmorgon så det var inte mycket trafik men det verkade som polisen hade stort pådrag för han såg flera polisbilar på Kungsholmen då han kom dit. Han fick snirkla runt en stund innan han slutligen hittade en parkeringsplats nära Hantverkargatan. Klockan var nu halv nio så han beslöt sig för att genast gå till Centralen och sätta sig så inte någon annan hann före. Genom att ta på sig tiggarens jacka och stickade mössa ändrades hans utseende radikalt. I den ena handen bar han tiggarens packning och i den andra sprängväskan inrullad i en filt så den såg ut som ett sittunderlag. När han började gå mot Centralen koncentrerade han sig på att gå något nerhukad med nedslagen blick för att passa in i rollen som tiggare. När han närmade sig stora ingången märkte han att det var mycket folk i rörelse och han fruktade att platsen skulle vara upptagen. Men han hade tur platsen var inte upptagen så han gick fram dit tiggaren brukad sitta och ställde placerade sittunderlaget/bomben och satte sig på den och ställde tiggarens pappersmugg framför sig. Han försökte efterlikna tiggarnas beteende och sitta med nedböjt huvud och samtidigt försöka få ögonkontakt med förbipasserande men han märkte att han aldrig varit så osynlig som nu, de flesta tittade bort när han såg på dem. Det slog honom att klä ut sig till tiggare var den bästa kamouflage man kunde få. Stressade poliser med telefoner gick omkring och tittade efter besökarna och pratade i telefonerna. Ibland var de bara två meter från Ali, men ingen brydde sig om honom, det var som om han inte existerade. Evenemanget skulle börja klockan elva med att en musikkår skulle spela och det var då han tänkte låta bomben brisera. Halv elva kom det fram en tiggare som tydligen var kompis med Dine, han sade något på ett språk som Ali inte förstod och pekade på väskan. Ali log och skakade på huvudet och sade på arabiska "det är min väska", men besökare fortsatte att prata och gjorde en gest mot väskan. Ali skakade på huvudet och såg så arg ut han kunde samtidigt sade han "fuck of" och började resa sig hotfullt. Besökaren som var mindre än Ali sade något och började gå in i Centralstationen. Risken var stor att han skulle gå och hämta hjälp men han måste ta den chansen.

Kapitel 21

Klockan närmade sig elva och en buss stannade utanför stora entrén och en blåsorkester började bära sina otympliga instrument och ställa upp sig i området till höger om "hålet i golvet". Det var nu så mycket folk i rörelse att Ali knappast kunde sitta kvar för trängseln. Konstigt nog hade han fått in lite pengar i pappersmuggen, han stoppade dem i fickan och reste sig upp. Det var dags att osäkra väskan och förbereda sprängningen, han trevade under filten och hittade strömbrytaren som osäkrade den. Det var obehagligt om någon ringde numret nu skulle den explodera så han skyndade bort från den och styrde stegen mot McDonalds toalett som låg i bortre änden av stora hallen. Musikkåren började samtidigt spela någon hurtig marsch och snart skulle ångloket rulla in på stationen. Någon minut efter det att Ali gått kom en grupp unga män, ledd av den som kände Dine, fram till hans plats och tittade över folkhavet för att hitta Ali men det var för sent så de tog upp väskan och tittade i den men den var tom så de tog väskan med sig och gick till sina platser, ingen tänkte på att titta under "sittunderlaget" så väskan förblev oupptäckt. Ali hade kontrollerat var toaletterna var och den han befann sig i bedömde han som säker. Det var en relativt liten sprängladdning så byggnaden skulle inte raseras utan den mesta skada den skulle förorsaka var att skada människor och toaletten var så placerad att han hade flera väggar mellan sig och bomben. Men det skulle bli en kraftig tryckvåg och all belysning skulle säkert slockna. Tanken var att i kaoset efter explosionen skulle han kunna avlägsna sig utan att någon lade märke till honom. Han satte sig på toalettstolen och tog fram mobiltelefonen som skulle utlösa sprängladdningen, han tog ett djupt andetag och slog på telefonen. Han kände att händerna var svettiga av nervositet när telefonen visade att den hade kontakt med nätet bläddrade han fram till det förprogrammerade numret till bomben och tryckte på "ring upp". Inget hände han tittade på displayen och fick en konstig kod som han aldrig sett förut och inte begrep vad den betydde. Han slog av telefonen igen och gjorde om samma manöver men det samma resultat. Plötsligt hörde han en högtalare från ankomsthallen "vi ber alla besökare att lämna byggnaden så snabbt som möjligt, jag repeterar vi ber............". Jävlar hans telefon var spårad och antagligen spärrad och då kunde de också spåra den med GPS, han stängde av den så snabbt han kunde. Men han hade sin vanliga mobiltelefon, den kunde inte vara spärrad för då hade de redan gripit honom. Han fick fram den och ödslade några sekunder på att få fram numret som var i den spärrade telefonen när han fått fram det tryckte han det med darrande fingrar och skickade samtalet.

Akustiken i den stora ankomsthallen var bra så när orkestern började spela lät det som den var större än den var och publiken log uppskattande mot musikanterna. Efter hand fylldes utrymmet runt orkestern av sommarklädda stockholmare och turister. När högtalaren först kom med budskapet "vi ber alla lämna byggnaden så snabbt som möjligt" tittade folk först undrande på varandra, var det nå-

got som ingick firandet av ånglokens dag? Men sedan bör-
jade människomassan röra sig mot utgångarna, dels ut-
gången mot Klarabergsviadukten där det snabbt blev träng-
sel i trapporna men de flesta gick mot stora ingången mot
Vasagatan. Det verkade som människor ville lämna byggna-
den samma väg som de kommit in. I början gick besökarna
lugnt men snart övergick evakueringen i panik och alla bör-
jade springa mot utgången där bomben fanns. Resultatet
blev att när bomben detonerade var det flesta människorna
där och effekten blev förödande, tryckvågen som uppstod
kastade människor i närheten flera meter bort och det låg
döda och lemlästade i runt hela ingången. De flesta fönster
i byggnaden blåstes ut och ett regn av glas föll ner runt
byggnaden och skadade många på Vasagatan, skruvar och
muttrar som var i bomben for som projektiler ut i folkhavet
och dödade flera som klarat själva explosionen. Lyset slock-
nade och efter några sekunder började sprinklersystemet
spruta vatten över förödelsen. Efter explosionen upplevde
många att det var tyst, men det berodde antagligen på att
det slagit lock för öronen på de flesta. I själva verket fylldes
hallen av skrik av skräck och smärta. Golvet runt bomben
färgades rött av blod och blodfläcken växte då vattnet från
sprinklersystemet blandade sig med blodet. Skriken blanda-
des med sirenerna från polisbilar som var i närheten och ef-
ter hand rusade poliser in i ankomsthallen där de möttes av
en fruktansvärd syn av döda och bortsprängda kroppsdelar
på golvet. De försökte få ut så många skadade som möjligt
för ingen visste om det fanns ytterligare bomber där. Män-
niskor i chocktillstånd skrek hysteriskt och sökte efter anhö-
riga bland de skadade och döda. Många satt på golvet och

grät medan deras kläder färgades röda av blod på golvet el-
ler deras eget blod. Poliserna var lika chockade som de öv-
riga besökarna flera av dem var döda eller skadade och sy-
nen som mötte de som kom var så fruktansvärd att de hade
svårt uppträda professionellt.

När Ali skickat signalen till bomben hände först inget, men
han var beredd på det för uppkopplingen tar några sekun-
der, långa sekunder. När detonationen kom höll han mun-
nen öppen och händerna för öronen, för att det inte skulle
slå lock. Det gick en vibration genom hela byggnaden och
han hörde ett klirrande ljud när någon spegel föll i golvet.
Tryckvågen som kom var dämpad för det var en dörr ut till
ankomsthallen men han hörde förskräckta rop från några
andra som var på toaletten bredvid. Ali rusade ut från toa-
letten och skrek, vad har hänt? Samtidigt slocknade ljuset
och det var kolsvart när han började treva sig mot dörren ut
mot ankomsthallen. I hallen var det svårt att se för röken
från explosionen men de utblåsta fönstren i taket släppte in
lite ljus och röken började skingras. Ali sprang bort mot hu-
vudingången och försökte se lika chockad ut som de andra
när han gick runt och skrek "var är min fru" samtidigt som
han sökte bland offren, slutligen hittade han ett blodigt
barn som låg orörligt. Han grep barnet och bar det försiktigt
i famnen ut genom dörren, han fick blod på sina kläder men
det gjorde inget. Han gick fram till en ambulans som just
körde fram och sade "alla är döda, det kommer att
sprängas flera bomber". En sköterska i ambulansen tog bar-
net ur hans famn och en annan lade en filt över hans axlar
och sade något lugnande till honom. Han hulkade "det var

fruktansvärt" och höll för ansiktet. Att han gjorde det be-
rodde på att fotografer hade börjat samlas utanför det av-
spärra området och han ville inte bli fotograferad. Han
backade försiktigt in i folkmassan som bildats vid avspärr-
ningen och när poliserna föste bort åskådarna från det "far-
liga området" följde han med och passade på att ta av sig
tiggarens jacka, det var bara den som var blodig. När han
var i utkanten av folksamlingen började han gå med lugna
steg mot bilen det hade blivit trafikkaos i området men där
Ali ställt bilen var det lugnt. Han satte sig i bilen, tände han
en cigarrett och funderade. Uppdraget var slutfört nu var
det upp till IS att förvalta det pund han givit dem. Men han
var säker på att hans identitet var avslöjad, de hade lyckats
spåra hans telefon som bara varit påslagen tre fyra gånger
och till och med lyckats spärra den. Det innebar att de
också hade fått fram numret till bombtelefonen och det i
sin tur gjorde att de kunde få fram det telefon nummer som
utlöste bomben och det var hans privata telefon. Hans van-
liga telefon hade visserligen också betalkort men det var
många som hade hans telefonnummer så de skulle säkert
kunna spåra den till honom även om det skulle ta några da-
gar. Det borde ge honom några dagars frist så frågan var
vad han nu skulle göra? Han startade bilen och började köra
planlöst mot Botkyrka, det fanns ingen anledning att hålla
sig gömd till måndag längre de skulle genomskåda hans
alibi men det var viktigt att göra sig av med telefonerna så
snabbt som möjligt. Nästa steg var att försöka ta sig tillbaka
till Syrien men han skulle vara en av världens mest efter-
sökta personer så det skulle inte bli lätt. På radion pågick en
direktsändning om katastrofen,

men de hade fortfarande inte fått fram några siffror på hur många som skadats och dödats men enligt reportern var det den värsta katastrof som drabbat Sverige sedan Estonia.

Kapitel 22

Denna dramatiska söndag hade Björn Vinblad föredragit att vara i kontrollrummet hos Telecom leverantören i sällskap med mobilexperten, lokalerna låg i Farsta, och han hade telefonkontakt med befälet som var på plats i Centralstationen. Anledningen var att det var den plats där man först skulle få en indikation när något hände. Det var fyra män, förutom experten som var i kontrollrummet. Det rådde en förtätad stämning, alla satt och tittade på datorskärmar och ibland kom någon kommentar som Björn inte begrep, men som fick de andra att nicka eller se bekymrade ut. Rapporten från centralen var lugnande, det var mycket folk men inga störande inslag, mest familjer och turister och stämningen var god, Björn kunde höra musikkåren började spela i bakgrunden. Plötsligt skrek en av teknikerna "den är påslagen och vi spärrar den nu". Alla samlades runt hans datorskärm. Samtidigt hörde Björn i telefonen högtalaren på centralen som uppmanade besökarna att lämna vänthallen, kanske skulle det fungera. Han hörde att ansvariga befäl vid centralen kalla på förstärkning och ambulans för att vara på den säkra sidan. Plötsligt skriker teknikern "en annan telefon ringer samma nummer som den vi blockerat, vi hann inte blockera den telefonen". Jävlar skriker Björn i telefonen men samtidigt hörs ett dån och linjen bryts, ljudet var så kraftigt att alla i kontrollrummet hörde det. Samtliga i kontrollrummet är tysta "han gjorde det, aset gjorde det" mumlade Björn. Han vände sig mot teknikern och frågar

"vad hände?" Han försökte slå ett nummer med den telefo-
nen som vi blockerade. Men när det inte fungerade slog
han av den så vi hann inte spåra den med GPS.n. Sedan
ringde han samma nummer med en annan telefon. Vi har
nu numret till bomben men vi hann inte spärra den. Har vi
numret till den telefon som utlöste bomben? Undrade
Bengt. Teknikern nickade, det är mördarens privata telefon
och vi måste få fram ägaren till den, då har vi mördaren av-
slutade Bengt. Det är också viktigt att vi får fram en lista
över telefonsamtal som den mobilen ringt och tagit mot.
Experten nickade och sade vi börjar med det genast men
det är inte helt enkelt för det är antagligen en telefon med
betalkort, det kan ta lite tid. Själv åkte Bengt till polishuset
för att leda arbetet och förbereda den presskonferens som
han antog att det skulle bli.

Ali körde till båtklubben vid Albysjön och promenerade
längs stranden mot Flottsbro det var inte mycket folk där så
han passade på att kasta båda telefonerna i sjön. Men först
avlägsnade han SIM-korten som han kastade på ett annat
ställe. Tiggarens jacka hade han redan kastat i en container
i en återvinningsstation. Han satte sig på en bänk och fun-
derade på vad han skulle göra. Den första åtgärden måste
vara att ta ut pengar innan de spärrade hans konto sedan
skulle han falskskylta bilen och köra söderut på småvägar
och försöka ta sig över till Danmark. Han ville inte vara kvar
i Sverige när de första fantombilderna dök upp på löpsed-
larna. Ali hämtade verktyg i bilen och tog väskan på axeln
och gick längs gångvägen till han hittade en bil som stod så
avsides att det gick att stjäla skyltarna. När han fått dit dem

på sin egen bil grävde han ner sina gamla skyltar i en kom-
posthög bakom båtvarvet. Han körde inte till Alby centrum
för att ta ut pengarna, för han var rädd att stöta på någon
bekant, utan han körde till Tumbas inomhuscenter och tog
ut de sju tusen kronor han hade på sitt konto. Sammanlagt
hade han nu ungefär tiotusen kronor och de skulle han
klara sig på till han kom till Syrien. Han antog att de skulle
sätta upp vägspärrar på de större vägarna som gick ut från
Stockholm så han tog fram bilkartan över Sverige och bör-
jade studera vilken väg han skulle ta.

Klockan 14:00 gick statsministern ut i ett direktinsatt tal i
TV1. Han hade mörk kostym och mörk slips och han såg ut
att vara gripen av stundens alvar. Han började talet med
"än en gång har Sverige drabbats av meningslöst våld" han
tittar in i kameran och ser ut som om han skulle börja gråta.
Han rycker upp sig och fortsätter " dessa fega terrorister
som inte skyr några medel kommer att gripas och ställas in-
för rätta, flera statschefer har hört av sig och delar våran
sorg och världens dom mot terrororganisationer som IS
kommer att bli hård. Att jag nämner IS beror på att polisen
funnit ett samband mellan Forsmarks attentatet och da-
gens attentat och det sambandet pekar mot IS." Här gör
han en paus, sedan fortsätter han "jag vill understryka att
det är viktigt att inte sätta något likhetstecken mellan mus-
limer och IS." Det var temat i talet och det mest intressanta
var att polisen tydligen hade funnit ett spår som de var
ganska säkra skulle leda till attentatsmännen och att dessa
var IS män. Att IS spåret nämndes var mot Bengts vilja, nor-
malt går man inte in och kommenterar en pågående utred-

ning men politikerna var så pressade att de måste redovisa
någon form av framgång, de som ville ha nyval hade fått
mera vatten på sin kvarn.

Under dagen kom det mer och mer detaljer, de flesta TV
kanaler hade fortlöpande rapportering. Antalet döda var för
närvarande åttiotvå personer, skadade var över två hundra,
många var så svårt skadade att man beräknade att dödsta-
let skulle stiga. Människor blev chockad sedan ursinniga
över att polisen tydligen inte kunde stävja våldet. Man ville
peka ut någon ansvarig men alla politiker som blev tillfrå-
gade skyllde på någon annan. I slutänden var det poliserna
som fick bära hundhuvudet och rikspolischefen Dan Elias-
son hade redan börjat söka efter någon välbetald tjänst i
Bryssel. Samtidigt hänvisade han till att Björn Vinblad ledde
utredningen underförstått att det var han som hade ansva-
ret för att attentatet kunde ske. Björn stängde av telefonen
för inkommande samtal, han måste ha arbetsro för att kun-
na driva utredningen vidare. De nya uppgifterna han fått
om telefonnumret till terroristen gjorde att han "såg ett ljus
i tunneln" men han hade omdömet att inte säga det till
pressen.

På Aftonpressen lyste flitens lampa, semestrar hade avbo-
kats och övertid var inte bara tillåtet, det var ett krav från
ledningen. Tidningen hade fördubblat sin upplaga efter att
de börjat samarbeta med SD och annonsörerna stod i kö så
det fanns inget behov av presstöd. Redaktören Emanuel
rullade ut löpsedeln på bordet och log. Med Krigsrubriker
stod det: TERRORATTENTAT 84 DÖDA. Nyval ett krav från
SD. En tanke slog honom om det blev omval och SD fick en

majoritet skulle Aftonpressen bli deras officiella språkrör
och det skulle bli en helt annan fördelning av presstödet.
Deras konkurrenter skulle falla som käglor för de hade sat-
sat på fel häst. Tanken var angenäm och det slog honom att
han inte funderat på pensionering på flera dagar.

Att spåra det telefonnummer som polisen hade fått av tele-
fon experten visade sig vara enklare än man trodde, det
fanns nämligen i polisens egen databas. I samband med ett
fall av frihetsberövande av en ung kvinna i Tumba hade Ali
varit inkallad för förhör, han var inte misstänkt för att vara
inblandad i brottet, men han hade förhörts i egenskap av
vittne. Då hade namn, adress och telefonnummer anteck-
nats och förts in i databasen. Ledningsgruppen beslutade
att genast göra ett tillslag mot den angivna adressen. Tills-
laget skulle utföras av piketpolisens, det var en rutin polisen
hade. Tidpunkten för tillslaget bestämdes till sent på kväl-
len samma dag som sprängningen utförts. Valet av tidpunk-
ten berodde på att det var mer troligt att den de sökte var
inne och att de vile undvika uppmärksamhet, särskilt av
pressen. Klockan var halv tolv när den svarta piketbussens
körde fram till huset där Alis föräldrar bodde. Det var fyra
poliser med skottsäkra västar och hjälmar med visir, de
förde tanken till stjärnornas krig. Alla bar kpistar och två
bar på en "dörröppnare" som bestod av en massiv stålcylin-
der med två handtag på varje sida, den användes för att slå
in dörren om den inte öppnades frivilligt. Själva tillslaget
blev odramatiskt när poliserna knackade på och skrek
öppna det är polisen öppnades dörren av en sömndrucken
äldre man. Polisen stormade in i lägenheten och säkrade

den och de två personer som var där, förutom mannen en äldre kvinna, föstes ut i köket. Först var de chockade, kvinnan grät hysteriskt, men när de förstod att det var poliser och inte terrorister blev de arga och kallade poliserna fascister och skrek att de skulle ringa Expressen och berätta om deras bryska metoder. Det var inget som berörde piketpoliserna, sådana hot fick de vid varje tillslag. När de meddelat i radion att lägenheten var säkrad kom flera poliser och de började söka genom lägenheten metodiskt. Särskilt Alis rum blev noggrant genomsökt, datorn togs i beslag och alla papper man kunde finna beslagtogs. När de frågade efter Ali sade den äldre mannen, som var Alis far, att han rest till Göteborg dagen innan. Bengt var en av de poliser som kom till lägenheten då den var säkrad och han bestämde att fadern skulle följa med till polisstationen för förhör. Han fick därför, under vilda protester, åka med till Kungsholmen och Bengt skötte själv förhöret. Han var inte samarbetsvillig och Bengt fick hota honom med att han skulle få stanna kvar för vidare förhör om han inte svarade på frågorna. Som alla som sett på TV deckare ville han också ha en advokat men Bengt påpekade att han inte var misstänkt för något utan var där i egenskap av vittne så det var inte nödvändigt att anlita någon advokat. Om han ändå ville ha en skulle de tvingas hålla honom kvar till advokaten kunde komma och det var nästa dag. Fadern lät sig nöjas med det och de kunde genomföra förhöret. Det gav tyvärr inte så mycket Bengt fick intrycket av att fadern var helt ovetande om vad sonen sysslade med. Alla inblandade hade varit uppe i stort sett hela natten så de beslöt att ha ett möte och genomgång av materialet de fått vid tolvtiden nästa

dag, alla skulle åka hem och försöka sova några timmar.
Bengt stängde för säkerhets skull av telefonen.

Kapitel 23

Ali tankade bilen i Tumba och köpte mer matvaror, frukt och dricka i en bensinmack som såg mer ut som en matvaruaffär än bensinmack. Sedan började han köra söderut, först mot färjan vid Sandviken och vidare mot Vagnhärad. Hans plan var att han skulle hålla sig borta från de större vägarna där risken var större att råka ut för poliskontroller. Det första problemet skulle vara att komma över till Danmark för han antog att det skulle vara kontroller vid bron och alla färjor. Därför tänkte han försöka ta sig till den punkt där avståndet var som minst över till Danmark. Enligt kartan skulle det vara i närheten av Helsingborg, där skulle han försöka stjäla en båt och ta sig över sundet med den. Ali hade fortfarande revolvern kvar, han tänkte inte låta sig bli tagen levande för att sitta arton år i fängelse var inget alternativ. Nu när han var en av världens mest eftersökta brottslingar fanns bara en plats han som kunde ge honom en fristad och det var IS kontrollerade delen av Syrien. I bilradion kunde han följa utvecklingen efter sprängningen, det var åttiotvå döda och flera hundra skadade konstigt nog kände han inget när han hörde det utan han funderade i stället på varför inte fler dödats. Han kom fram till att bomben låg på golvet och det var så mycket människor som var nära bomben att de fungerade som sköldar för de som var längre bort. Det var ett somrigt landskap han körde genom och det var inte mycket trafik så konstigt nog kände han ett inre lugn, den sista tiden hade han varit under press men nu var uppdraget slutfört och han var på väg hem. Det var bara några mil till färjan från Tumba och han hade tur för färjan gick utan att han behövde vänta mer än fem minuter. Det var bara fyra fordon som åkte med och han gick inte ur bilen för att de andra passagerarna inte skulle minnas honom. Överresan tog bara tio minuter och Ali fortsatte och körde mot Vagnhärad och sedan tog han av mot Nyköping. Det gav honom en känsla av frihet att åka den slingrande vägen genom det sommargröna landskapet, han hade bränt alla broar om han lyckades ta sig till Syrien skulle han aldrig kunna återvända mer och det kändes lite vemodigt. Efter Nyköping tog han av mot Katrineholm, det var en ologisk väg om man skulle åka till Helsingborg men det var därför han tog den, för poliserna skulle naturligtvis kontrollera den naturliga vägen mot Danmark, och det var europavägarna. I Katrineholm stannade han och åt vid en korvbar som låg längs vägen, han räknade med att ingen efterlysning gått ut än. Efter det stoppet fortsatte färden mot Hallsberg och Askersund, han hade bestämt sig för att åka på den västra sidan av Vättern där det var mindre trafik. Då han passerat Karlsborg började det skymma och han beslöt sig för att inte köra under natten för privatbilar mitt i natten kunde dra till sig oönskad uppmärksamhet. Därför körde han in på en smal korsande väg som han följde någon kilometer och tog av på ytterligare en väg som verkade vara för timmertransporter. När han kört in på timmervägen så långt att han inte syntes från vägen parkerade han och gick ytterligare en bit längs vägen som tydligen ledde till en lastplats. Han ville försäkra sig om att det inte skulle komma någon trafik under natten. Han gick tillbaka till bilen och åt några smörgåsar och drack en läsk innan han lade sig och försökte sova. Det var hans andra natt i bilen och han hade sovit så dåligt att trots att det var obekvämt somnade han genast. Han vaknade flera gånger under natten av underliga ljud och att han låg så obekvämt att armar eller ben domnade. När klockan närmade sig sex gick han ut och sträckte på sig och tog en cigarrett. Nu kunde efterlysningen av honom vara ute så han beslöt sig för att ha så lite kontakt med människor som möjligt. Han åt lite frukt och en smörgås som han sköljde ner med en dricka, han saknade kaffe. Det hade varit ganska kyligt under natten men det såg ut att bli en vacker dag. Efter att ha studerat bilkartan noggrant fortsatte han förbi Hjo och tog av mot Mullsjö för han ville inte komma in i Jönköping. Han hade under resan inte sett en enda polisbil och när han passerade affärer såg han ingen bild på löpsedlarna, det var lugnande. Han hade inte rakat sig på tre dagar så han hade nu ett svart skägg som täckte hakan och delar av kinderna. På eventuella foton av honom skulle han inte ha skägg så han var inte så rädd att han skulle bli igenkänd på grund av eventuella bilder. Genom att följa småvägar kom han till Gislaved där han stannade och tankade och köpte mer mat och dricka det var mycket folk i rörelse på macken så han trodde att ingen lade märke till honom. Det fanns också en toalett för kunder så han passade på att tvätta sig och borsta tänderna, skägget putsade han till så det inte såg så ovårdat ut. Efter att ha konsulterat kartan satte han kurs mot Örkelljunga som han kunde nå via ett nät av småvägar. Det tog så lång tid att åka småvägarna att han beslöt att göra en övernattning till innan han körde den sista etappen till kusten. Några mil före Örkelljunga såg han en skyllt som angav att det fanns en vandringsled i närheten. Han följde skylten och kom till en parkering där det stod några bilar parkerade, antagligen var det vandrare som skulle komma och hämta bilarna senare så han parkerade där och tog lite mat och filten i ryggsäcken och började gå längs leden. Han hade suttit i bilen två dagar så han kände att han behövde röra på sig och han skulle inte väcka någon uppmärksamhet om han gick där. Det var ett vackert landskap med ängar och lövskog och när han passerade en liten skogssjö passade han på att bada. Han hade inte duschat på flera dagar så det kändes uppfriskande, det var en rastplats nära sjön så han satte sig vid ett timrat bord och åt den medhavda matsäcken. Det kom ett äldre par som tydligen följde leden och satte sig och tog fram en termos med kaffe och de började prata, paret hade bestämt sig för att gå hela leden som var på arton mil. Men de gick endast någon mil åt gången så de hade avverkat ungefär tio mil. Ali lyssnad intresserat på dem och tanken slog honom att det var en underlig situation här satt en av världens mest eftersökta personer och pratade om vandringsleder med ett pensionerat par. De tyckte Ali var en trevlig ung man så de bjöd honom på kaffe och det var något som han uppskattade. Det hade blivit kväll så Ali började gå mot bilen och när han kom dit fann han att det var som han trott, parkeringsplatsen var tom på fordon. Efter att ha studerat kartan noggrant planerade han för morgondagen. Hans plan var enkel han skulle åka till Viken och parkera bilen på något ställe som den inte väckte uppmärksamhet på som till exempel hamnen. Sedan skulle han under dagen gå längs kusten mot Helsingborg och se om det var någon båt som han kunde stjäla. Och sedan ro över till Danmark.

Kapitel 24

Polisen hade nu fått ett genombrott och stämningen var hög när de träffades i ledningsgruppen. När de hade Alis telefonnummer till den privata telefonen kunde de lista alla telefonsamtal han ringt det sista halvåret. Det var två telefon nummer som var särskilt intressanta ett i Göteborg som gick till en Ibrahim som varit med på listan över återvändare. Ett annat gick till en imam som hette Amid och arbetade i moskén i Botkyrka. Bengt beslöt att genast ta in imamen på förhör men Ibrahim skulle först skuggas några dagar innan han greps, på så sätt kunde de kanske kunna gripa fler som Ibrahim hade kontakt med. Då det gällde Ali var det passfotot de fått fram, det var ganska dåligt och fyra år gammalt. Men bilden skickades till alla polisstationer och en efterlysning på honom gick ut i alla tidningar. Bilden av honom kom också på löpsedlarna. När ledningsgruppen var samlad diskuterade de hur de skulle finna Ali. Alla var överens om att han skulle lämna landet om han inte redan gjort det, flyg och tåg var uteslutet för där var kontrollen för hård. Den enda plats han kunde känna sig säker på var IS kontrollerade område i Syrien så det var troligt att det var dit han var på väg. Men han hade bil enligt bilregistret så en efterlysning på bilen skickades ut via Interpol. Men Bengt hade en känsla av att Ali inte var så dum att han satt och kör sin egen bil genom Europa om han visste att de kände till hans identitet, han hade visat att han var både slug och hänsynslös. Bengt funderade på hur han skulle göra om han var i Alis kläder och kom fram till att han skulle försöka ta

sig till Danmark eller Tyskland och blanda sig med pappers-
lösa flyktingar som skickades tillbaka till den plats de kom-
mit från, ofta Turkiet. Frågan var bara hur han skulle ta sig
över sundet mot Danmark eller hade han redan passerat
sundet i en stulen bil?

Amid bodde i en villa i Botkyrka, han var en fyllig man i fem-
tioårsåldern som alltid gick med de traditionella vita klä-
derna som muslimska ledare bruka bära, och gripandet av
honom gick odramatiskt. Det verkade som om han väntade
på dem och han följde med utan protester men han gjorde
klart för polisen att han inte tänkte säga något utan sin ad-
vokat. Ledaren i piketbussen sade ironiskt "så du har egen
advokat" men Amid svarade inte på det. Det tog några tim-
mar innan advokaten var på plats så de kunde förhöra ho-
nom. Under tiden studerade Bengt hans papper och fann
att det inte var första gången polisen haft anledning att
gripa honom. Han var lagförd för bedrägeri i form av falska
intygande i samband med ansökningar om bostadsbidrag
samt skattefusk, han hade inte tagit upp lönen han fick för
sitt arbete i moskén. Han hade också varit förhörd just för
att rekrytering av IS krigare men släppts i brist på bevis. Han
var en man som aldrig erkände något inte ens när bevis la-
des fram. Bengt ville därför skrämma honom att tro att de
misstänkte honom för sprängningen så han började förhö-
ret med att fråga var han var vid tidpunkterna för attenta-
tet i Forsmark och Centralstationen. Tanken var att han
skulle bli rädd och skylla på någon annan för att rentvå sig
själv. Amid hånlog och vände sig mot sin advokat och sade
något på arabiska. Bengt slog näven i bordet sade "förhöret

skall hållas på svenska, det framgår av tidigare förhör att du kan det språket" advokaten låtsades inte om inpasset utan svarade att hans klient inte kände till något om attentaten. "Jag har inte frågat om han känner till något om attentaten, jag frågade om var han var vid attentaten." Men det behövs tydligen en tolk så vi avbryter förhöret till vi fått tag i någon som kan tolka sade Bengt och stängde av bandinspelaren. Han nickade mot polisen vid dörren och sade "lås in honom igen". Vänta sade Amid jag kan svenska men Bengt svarade inte utan gick. Då det gällde Ibrahim kontaktade Bengt polisen i Göteborg och begärde att de skulle skugga honom under några dagar, det mest intressanta var vilka han umgicks med. Ibrahim var lätt att spåra genom mobiltelefonen och GPS. Både hans telefon och Alis skulle också avlyssnas, något som åklagaren genast gått med på.

Sverige hade på några månader förvandlats från att varit ett välmående fredligt land till att bli ett land i kris. Bilbränder och upplopp hade förvandlat vissa stadsdelar till belägrade områden där kriminella styrde och polis och brandkår inte kunde vistas utan att bli utsatta för stenkastning och i vissa fall även beskjutning. Den laglydiga allmänheten ville ha hårdare tag från polisen men de var påpassade av pressen där de blev uthängda var gång de följde allmänhetens önskemål. Deras arbetssituation blev ohållbar och många sade upp sig vilket drabbade de kvarvarande hårt. Krav restes på att sätta in militär men problemet var att det knappast fanns några militärer kvar. I vissa områden var det medborgargarde som var invånarnas enda skydd mot

brottsligheten som bredde ut sig mer och mer. Bevaknings-
bolagen och företag som installerade larm var de enda som
steg på börsen.

Med anledning av krisen hade TV1 ordnat en debatt med
alla partiordförande och rikspolischefen Eliasson. De skulle
svara på frågor från en panel bestående av bland annat
journalister från olika medier. Alla satt vid ett långbord med
stadsministern i mitten och rikspolischefen Eliasson på hans
högra sida. Den enda som verkade trivas där var SD.s ordfö-
rande och centerns representant som troligen inte förstod
situationens alvar. Debatten inleddes av att statsministern
lämnade en kort redogörelse över vad som hänt den se-
naste tiden, han betonade att attentaten inte skulle sättas i
samband med invandringen och avslutade med att påpeka
att det var viktigt att glömma partigränser och fokusera på
att lösa de problemen som fans i samhället. Den första frå-
gan som ställdes av en journalist på Kvällspressen var "hur
skall man kunna bortse från invandringen när de flesta
brotten begås av invandrare?" Frågan gick till Eliasson som
såg ut att vilja lämna lokalen, men efter en paus bara kunde
säga "det är inte bara invandrare som begår brott." Samma
reporter fortsatte "men ni har ju en efterlysning ute på en
återvändare från Syrien, hur kan ni då säga att de inte är re-
levant att prata om invandring i samband med attentaten?"
på det kunde Eliasson inte svara. Nästa fråga var, vad har
regeringen vidtagit för åtgärder för att få stopp på krimina-
liteten? Stadsministern bollade vidare frågan till de andra
partiledarna för han hade själv inget svar på den. M som
hade börjat närma sig SD ville ha en mer restriktiv invand-

ring, vad det nu innebar. Centerpartiet, som tidigare före-
slagit att trettioen miljoner invandrare vore en lämplig kvot
för Sverige, föreslog att anhöriginvandring fullt ut skulle
vara lösningen för då fanns det inga ensam komna barn. De
andra partiordförandena skruvade på sig och önskade att
hon skulle vara tyst. När frågan gick till SD.s ordförande
blev det tyst i lokalen och pennor kom fram. "Det är en in-
tressant fråga men jag tror personligen att vi som skall lösa
den är för många, enligt senaste opinionsmätningen är tre
av de närvarande partiledarna representanter för parti som
inte når 4% gränsen, man kan också notera att SD nu är det
klart största partiet med 42% i väljarstöd." Han gör en
konstpaus och ser sig omkring och fortsätter." Svaret på
frågan är; ett stäng gränserna till det är ordning i landet.
Två, alla papperslösa skicks hem till det land de kommer
från och tre sätt in insatsstyrkor och återta de förlorade
områdena, gärna med hjälp av militär om det är nödvän-
digt." Det utbryter tumult bland de andra partiledarna alla
vill ha ordet, men han tillägger " jag vet att nuvarande riks-
dag aldrig kommer att fatta de nödvändiga besluten därför
är nyval enda lösningen och SD har startat en namnin-
samling för nyval, skriv på den så kommer problemen att
lösa sig. Eliasson får ordet" om du blir stadsminister kom-
mer jag att lämna in min avskedsansökan" säger han. SD.s
ordförande ler och säger "det tycker jag du skall göra under
alla omständigheter, men om jag blir stadsminister skulle
min första åtgärd vara att ge dig sparken." Det kom skratt
från publiken och de andra partiledarna hade svårt att se al-
varliga ut. Programledaren frågar om SD planerar för att få
nyval och vilka de i så fall kan tänka sig att dela regering

med? Vi planerar nyval om vi får en majoritet på över 50% svarar SD:s partiledare och tillägger vi är på god väg.

Kapitel 25

Det var en vacker morgon när Ali vaknade och det var tur
för det skulle vara svårare att gå längs stranden från Viken
om det regnat utan att väcka uppmärksamhet. Han åt en
lätt frukost och började köra mot Viken klockan var sju så
det var mycket trafik. Det var egentligen bara fyrtio minu-
ters resa, men det blev mer för han körde fel innan han
kom fram till samhället. Han körde omkring i det lilla sam-
hället en stund innan han kom till hamnen. Det var en stor
småbåtshamn och många bilar var parkerade där, det var
semestertid. Det var bra för då skulle hans bil inte upptäc-
kas så snabbt. När Ali parkerat vevade han ner fönstret och
kände den salta havsluften, maten som var kvar åt han upp
för att ha så lite som möjligt att bära på. I fortsättningen
skulle han gå så det var endast det nödvändigaste han kun-
de ta med sig. Han fick plats med det i ryggsäcken och en
sportväska som han kunde bära på axeln. Men han tog än-
då med lite verktyg som kunde behövas när han skulle stjä-
la båten, för att se ut som en turist tog han på solglasögon
och en stickad mössa och började gå längs stranden. Han
gjorde sig ingen brådska för han hade hela dagen på sig,
ibland stannade han och tittade över mot Danmark det såg
inte så avlägset ut men han misstänkte att var längre än
man tror. De första kilometrarna gick en väg parallellt med
stranden sedan svängde den av och Ali fick gå i sanden och
gruset längs stranden. Det var en vacker dag så det var
många som låg och solade särskilt längs sträckan som gick
vid vägen. Tyvärr såg han inga båtar längs stranden men

han antog att han skulle komma till någon form av hamn. Längre fram såg han ett samhälle som visade sig heta Domsten och låg ungefär fyra kilometer från Viken. Där fanns en stor småbåtshamn och hamnen var omgiven av pirar som skydd mot havet. Det fanns också en badstrand nära hamnbassängen. Det låg många stora segelbåtar i hamnen och Ali gick omkring och låtsades beundra dem, men det var något helt annat han tittade efter. Slutligen hittade han det han sökte, en jolle låg mellan Y-bommarna som var avsedda för större båtar. Det var antagligen en jolle som normalt tillhörde en större båt, men de hade lämnat den för de kanske deltog i någon kappsegling eller helt enkelt inte hade behov av den dit de seglat. Det fina var att årorna låg i jollen och kedjan den var fastlåst med hade ett enkelt lås som han trodde inte skulle vara svårt att bryta upp. Risken fanns att jollens ägare skulle komma tillbaka på kvällen så han fortsatte att söka efter andra lämpliga farkoster men de andra roddbåtarna som låg där var utan åror eller för bra fastlåsta med grova kedjor. Men i anknytning till hamnen låg en byggnad som det stod Domstens kanotklubb på dörren, det verkade lovande. Dörren var öppen så han kunde titta in när han gick förbi, där låg kanoter och canadensare på hyllor på väggen och olika paddlar låg på en särskild hylla. Han kunde inte se något larm och dörren såg enkel ut att bryta upp. Det kunde vara en lösning om jollens ägare kom tillbaka på kvällen. Det var många badgäster vid badet och det låg en kombinerad matservering och affär nära badstranden. På löpsedeln utanför affären var det en stor bild som skulle föreställa honom, men den gjorde mer skada än nytta för Ali tyckte inte alls att det var likt, det var passbilden som var tagen för fyra år sedan och han hade inte skägg på bilden. Det gjorde att han vågade ta chansen att beställa en hamburgare med läsk och efter att ha ätit den tog han en kopp kaffe. Det var den bästa måltid han ätit på länge och ingen verkade ta någon notis om honom. När han var klar köpte han vatten, frukt och en konserv för att ha till kvällen. När han handlat fortsatte gå i riktning mot Helsingborg. Han gick ungefär en kilometer, här var stranden öde och han gick upp bakom en sanddyna där det var lä och rullade ut filten. Nu var det bara att vänta på mörkrets inbrott.

När förhöret av Amid återupptogs var Amid betydligt mer samarbetsvillig och han pratade en fullt begriplig svenska. Han hade alibi för sprängningen på Centralstationen men han mindes inte vad han gjorde vid sprängningen i Forsmark. En kontroll av hans konto på banken visade att han hade gjort fler inbetalningar på Alis konto, hur förklarade han det? "Min uppgift är att hjälpa människor i nöd och Ali hade behov av pengar när han kom hem från Turkiet så jag lånade honom pengar" svarade Amid. Jag ser också att det kommit in pengar från en adress i Syrien sade Bengt, "det är pengar som jag lånat ut till behövande och som betalar tillbaka när de kommit hem" påstod Amid. Förhöret pågick tre timmar och Bengt var övertygad om att Amid var inblandad på något sätt, men han kunde finna något som kunde motivera att de höll honom kvar så de var tvungen att släppa honom på eftermiddagen. Det framgick av övervakningskamerorna att bomben i centralen exploderat där en tiggare brukade sitta och när de andra tiggarna i området

förhördes bekräftade de att det var en ung man som hette
Dine som hade den platsen men han var spårlöst försvun-
nen. Bengt undrade om Dine kunde vara inblandad i atten-
tatet men slog genast bort tanken, en kille som tydligen
suttit och tiggt pengar på centralen kunde knappast samti-
digt genomföra så utstuderade attentat. Men en efterlys-
ning på Dine gick ut och en polis fick till uppgift att kont-
rollera hans bakgrund. Då det gällde Ali var det sista spåret
av honom att han tömt sitt konto i en bankomat i Tumba
sedan hade de inga spår av honom. Uttagen hade skett
samma eftermiddag som attentatet på centralen så det ver-
kade som han var väl medveten om att de var honom på
spåret. Att han skulle kontakta Ibrahim trodde inte Bengt,
det var mer troligt att han så snabbt som möjligt skulle resa
söderut mot Syrien. Av rapporterna från Göteborg framgick
att Ibrahim bodde hemma och gick ut endast när han gick
till och från arbetet i farbroderns grönsaksaffär, det arbetet
var förresten svartjobb.

*

Gröna Jägaren är en pub som ligger på Götgatan och det
var stamhaket för medborgargardet Hammarbys Freds äng-
lar som de kallade sig. Det var en löst sammansatt grupp av
de "tyngsta" huliganerna bland Hammarbys suppor-
terskara. Deras uppgift var att skydda "vanliga medbor-
gare" mot kriminella islamister. Deras ingripande hade hit-
tills endast resulterat i kravaller, misshandel och till och
med mord. De hade ett eget bord längst in i lokalen där de
träffades och planerade "insatser" som skulle göras. Stäm-
ningen var hög efter den tredje ölen och man diskuterade

de senaste "tillslagen" och beklagade de medlemmar som inte kunde närvara för att de satt häktade eller i ett fall till och med blivit dödad. När de kom in på frågan om nästa "utflykt" sade en av medlemmarna som kallades Jenke "brorsan är polis och han har berättat att de gripit en imam i Botkyrka som är inblandad i attentatet men de var tvungna att släppa honom i brist på bevis". Sverre som för tillfället tagit på sig ledarrollen frågade vad imamen hette. Ska kolla sade Jenke och slog på mobiltelefonen, han pratade en stund och gjorde anteckningar på en servett. Han avslutade samtalet med ett skratt. Här är namn och adress sade Jenke och gav Sverre servetten. Vad var det som var så roligt undrade Sverre. Jenke flinade och sade att hans brorsa avslutat samtalet med "lycka till grabbar." Ok vi åker och hälsar på honom sade Sverre, Dojan kan du fixa en buss? Dojan skakade på huvudet och sade farsan blev vansinnig när jag lånade bussen sist och svinen i Akalla hade slagit sönder fönstren. Men jag kan nog låna den lilla taxibussen där får man in åtta personer. Ok vilka följer med? Frågade Sverre och tio händer åkte upp i luften. Jag kan låna bilen i morgon kväll sade Dojan, kl. tio på Medborgarplatsen blir det bra? Då syns vi där sade Sverre och blir det mer än åtta personer kan vi dra lott om vilka som skall åka. I Botkyrka bränner man bilar sade Jenke, jag tycker att vi sätter eld på imamens bil och ger honom stryk, ett instämmande mummel hördes från de andra. Det kan vara roligt för dem att för en gångs skull veta vem som äger bilen som brinner sade Sverre med ett snett leende. Jag skall kolla att vi har en reservdunk med bensin med i bilen sade Dojan. Men man blir torr i halsen av allt pratande sade Sverre vi beställer in en omgång till och det var ett förslag som alla var med på. När de fått glasen höjde Sverre sitt glas och sade "rättvisa skall skipas" och ett instämmande mummel hördes.

Kapitel 26

Ali lyckades somna några timmar och vaknade av att han frös, det hade blivit molnigt och vinden hade tilltagit i styrka. Det var nu sen eftermiddag och han sträckte på sig och tog fram maten han hade köpt och öppnade konservburken med verktygen som han hade och åt skinkan kall, det var inte gott men han visste inte när han skulle få mat nästa gång. Det skulle börja mörkna vid tiotiden så det var några timmar kvar innan han kunde gå tillbaka till Domsten därför fortsatte att gå en bit längs stranden mest för att hålla sig varm. Det låg inga båtar längs stranden som hade hoppats på men det låg villor så han vände och gick tillbaka för han ville inte bli sedd. Tiden segade sig fram och han lade sig vid sanddynan och försökte sova igen och lyckades slumra till några gånger. Vid tiotiden började det mörkna och han packade sina tillhörigheter och började gå mot Domsten. Mörkret föll snabbt nu och han kunde se ljusen från Danmark och lanternor från båtar i sundet när han kom fram till hamnen så verkade det vid första anblicken helt öde men sedan hörde han att det tydligen pågick någon fest för han hörde musik och skratt från en upplyst båt. Han gick fram i skydd av mörkret så han kunde se om jollen var kvar, och det var den. Men enda felet var att när han rodde ut måste han passera båten där festen pågick. Han satte sig på en bänk och funderade om han i stället skulle satsa på kanotklubben men beslöt sig för att ta jollen, om någon frågade kunde han säga att han skulle vitja nät. Under tiden han suttit på bänken hade han inte sett någon annan rörelse i hamnen så han gick ner till jollen och lastade i ryggsäcken och tog två skruvmejslar ur väskan. Sedan tog han kedjan som båten var fastlåst med och kände på varje länk till han hittade en som verkade mer rostangripen än de andra. Han stack in en skruvmejsel från var sida i länken och bröt skaften mot varandra med en hand på varje mejselskaft. Det hördes ett klick och länken öppnade sig så han kunde ta bort kedjan. Han såg sig omkring men ingen hade sett honom så han satte sig i jollen satte årorna på plats och började ro försiktigt mot hamninloppet och båten där festen pågick. När han närmade sig båten såg han att festdeltagarna var i ruffen på segelbåten, han ökade farten för att komma förbi så snabbt som möjligt men när han var mitt för båten kom en av deltagarna ut i sittbrunnen, antagligen för att röka, och fick se honom. Han verkade ganska berusad och frågade "skall du ut vid den här tiden?" "Jag skall bara vitja några nät vid hamninloppet" sade Ali. Festdeltagaren nickade och verkade inte se något underligt med det och Ali fortsatte och ro ut genom hamninloppet. Han fortsatte att ro i snabb takt till han var säker på att vara utom synhåll från stranden. Vinden hade avtagit men moln gjorde att det var mycket mörkt. Ali var ingen sjöman men han försökte se vilka risker han skulle möta. Att det gick strömmar i sundet förstod han, risken var att antingen hamnade han mitt i färjerutten mellan Helsingborg och Helsingör eller så följde han strömmen västerut där överfarten var mycket längre. Ett annat problem var att han måste passera farleden där det gick många lastfartyg och han trodde inte att han syntes på radar, och lanternor hade han inte. Han studerade den danska kusten noggrant och hittade ett grönt ljus som varierade i styrka det var antagligen en reklamskylt och genom att hela tiden ro mot den skulle han oavsett strömmarna komma till kusten på rätt ställe. Jollen var bred och verkade sjövärdig men det var svårt att hålla kursen och han fick hela tiden titta efter det gröna ljuset. Det kändes som han stod stilla fast han rodde så att svetten lackade, på den svenska sidan var det inte så mycket ljus men på Danmarks sida var det betydligt mer upplyst. När han rott en timme började han närma sig farleden, han såg lanternor på båtar åt båda hållen. Han visste att de hade grönt ljus på en sida och rött på den andra, så när han såg båda lanternorna borde de vara på väg mot honom eller från honom. Han gjorde en paus och drack vatten sedan tog han alla papper och identitetshandlingar inklusive passet och lade det i en plastpåse tillsammans med verktygen och revolvern, knöt samman påsen och kastade den i havet. Nu var han en papperslös flykting på väg mot Syrien. När han försäkrat sig om att påsen sjunkit fortsatte han ro mot det gröna ljuset på den danska kusten. Att det var strömt förstod han för nu kändes det som han rodde inte tvärs utan längs med sundet. På höger sida såg han två lanternor en grön och en röd närma sig i oroande hastighet. Han gjorde misstaget att försöka ro framför fartyget men det resulterade bara att fartyget hela tiden verkade gå rakt mot honom och han kunde ana konturen av den framrusande fören i mörkret och det vita svallet på båda sidorna. Dånet från fartygets diesel ökade i styrka och Ali visste inte åt vilket håll han skulle ro. Han satt som fastfrusen i jollen och stirrade på lanternorna som satt på det framrusande fartyget. Plötsligt slocknade den ena lanternan, skymd av skrovet, och stålkolossen rusade förbi honom med några meter till godo. Svallet gjord att jollen nästan kantrade och Ali fick klamra sig fast för att inte falla över bord samtidigt som det forsade in vatten i den lilla båten. Det var tur att det fanns ett öskar så han genast kunde ösa ur vattnet. Man säger att den bästa länspumpen är en rädd man med ett öskar. När han fått jollen länsad fortsatte han ro mot det gröna ljuset på den danska kusten samtidigt som han höll uppsikt efter fartyg i leden. Ytterligare två fartyg korsade hans väg men nu försökte han inte gå framför dem så de kom aldrig så riskabelt nära som den första gjort. Han hade nu rott två timmar i högt tempo och började bli trött han hade också fått blåsor i händerna av det ovana jobbet. Det verkade som han passerat farleden och drog en suck av lättnad. Det var fortfarande långt till den danska kusten men den svåraste delen hade han passerat. Han drack vatten och tände en cigarett och vilad sig, sedan lindade han handtagen på årorna med klädespersedlar han hade i packningen och började ro igen. Det gjorde inte så ont i händerna nu så han fortsatte att ro en timme till och såg att det började ljusna i öster. Nu var han så nära den danska kusten att han i det tilltagande ljuset kunde se byggnader och bilar som rörde sig längs en väg som tydligen gick längs stranden. Han var rejält trött nu men han såg ett slut på strapatserna så han fortsatte att ro. Det gröna ljuset han orienterat efter syntes inte längre men han såg nu stranden tydligt så han siktade in sig på en del där det inte var någon bebyggelse. När han närmade sig stranden märkte han att det var mycket långgrunt de sista hundra metrarna fick han kliva ur jollen och vada iland. Han var alldeles slut och satte sig på sandstranden och tände en cigarett, det var fortfarande tidigt men det var nu helt ljust och solen hade gått upp och började värma. Han ville inte börja gå mot Helsingör så tidigt därför drog han upp båten på land och gick några hundra meter mot staden längs stranden. När han hittade en vindskyddad grop i sanden lade han sig där och rullade in sig i filten och somnade.

Kapitel 27

Hammarbys Fredsänglar samlades på Medborgarplatsen
och stämningen var hög de flesta hade redan tagit några öl
på Jägaren. Det visade sig att de kommit åtta man men det
fanns bara plats för sju så de fick dra lott om vilken som
inte fick plats i bilen. Dojan, som för ovanlighetens skull var
nykter, körde. Har du kollat bensindunken undrade Sverre
och Dojan nickade. Har alla rånarhuvor undrade Jenke för vi
skall väl filma? Det visade sig att två hade glömt sina huvor
så Sverre sade att de fick vara kvar och vakta bilen medan
de andra gjorde "tillslaget". Dojan knappade in adressen på
GPS.en och började köra mot Alby där imamen bodde. Alby
var ett område nära Botkyrkas centrum och utegångsför-
budet gällde där men resor till och från bostäder berördes
inte av det. Det var därför inga människor ute när de körde
in på den återvändsgatan som gick till adressen. Dojan kör-
de fram till vändplanen och vände bilen så de snabbt skulle
kunna åka därifrån om det strulade sig. Utanför adressen
stod det en silverfärgad Volvo parkerad nära trappan till
dörren där imamen bodde. Fyra man med rånarluvor gick
fram till dörren, dojan stannade vid Volvon med bensin-
dunken och Sverre ringde på. Det tog en stund innan dör-
ren öppnades och det var en ung kille i femtonårsåldern
som öppnade. "Du kan gå och råna någon pensionär eller
nåt" sa Sverre, ynglingen försökte slå igen dörren men de
var beredda och slet upp dörren samtidigt uppenbarade
imamen sig och skrek jag har ringt polisen. Vi vill bara veta
om det är din bil? sade Jenke och imamen nickade och

skrek försvinn från min tomt. Sverre nickade mot Dojan
som började hälla bensin på bilen, nu blev Amid som van-
sinnig när han såg vad som höll på att hända, med en vålds-
sam knuff fick han Sverre att tappa balansen samtidigt som
han försökte stänga dörren. Men de tre "fredsänglarna"
slet ut honom på trappavsatsen och började misshandla ho-
nom, han försökte slå tillbaka men hade ingen chans mot
tre man utan föll omkull på trappan och misshandeln fort-
satte med sparkar och slag slutligen låg han stilla. Ok vi drar
sade Sverre och när de gick förbi Volvon stannade han och
tände en cigarrett som han sedan kastade på bilen som
flammade upp i ett eldhav. De hoppade in i sin bil och när
de skulle körda sade Dojan "fan det hade runnit bensin ner
mot trappan där imamen låg, jag tror hela huset tar eld".
"Kör för fan jag tänker inte rädda aset" sade Sverre och de
startade med en rivstart.

Björn Lindblad svor när han fick höra att Amid blivit mördad
bara några timmar efter det att de släppt honom, han hade
inte bara blivit mördad hela huset hade brunnit ner för
brandkåren hade vägrat åka in i området innan polisen säk-
rat det. Även den första polispatrullen som kommit dit hade
väntat på förstärkning för människor som bor där hade
uppträtt hotfullt enligt vakthavande befäl. Resultatet blev
att huset var i det närmaste nedbrunnet då brandbilen änt-
ligen kunde börja bekämpa elden. När polisen började för-
höra grannarna hade ingen sett någonting och de ville inte
prata med polisen för de ansåg att poliserna var inblanda-
de i det som hänt. Den enda som pratade var imamens son
som kunde berätta att flera maskerade män misshandlat

hans far och sedan tänt eld på bilen, elden hade sedan spridit sig till huset. Han och hans mor hade lyckat ta sig ut på husets baksida innan det var helt övertänt. Signalementet som han kunde ge på gärningsmännen var dåligt, det var sex som han såg och alla var maskerade och pratade svenska utan brytning "svennar" som han uttryckte det. Bilen hade sett ut som en stor taxi antagligen svart. Björn suckade han var övertygad om att Amid var en av huvudpersonerna och om de bara kunnat få honom att prata skulle de fått svar på alla frågor. Senare på eftermiddagen fick de in en anmälan om en död man som en hundägare hittat i Judar skogens naturreservat. Det visade sig tillhöra Dine som var efterlyst och pusselbitarna på hur sprängningen gått till började falla på plats. När ledningsgruppen samlades och de gick genom vad de visste så insåg Björn att den enda som kunde tillföra utredningen något var Ibrahim som fortfarande var skuggad av Göteborgspolisen så de beslöt sig för att gripa honom om de kunde få en arresteringsorder av åklagaren.

Emanuel på Kvällspressen rullade ut löpsedeln på bordet, löpet var gult och det stod med stora bokstäver "IMAM MÖRDAD I ALBY" och med mindre bokstäver under "Kan vara ett IS dåd". Han log för sig själv det här skulle sätta fart på lösnummerförsäljningen. Visserligen var den sista delen lite vag men attentatsmännen var maskerade så de kunde mycket väl vara IS män. Och det där med att de pratade som "svennar" var ju inget de behövde ta upp i denna upplaga. Det var en information han fått från en polis och han hoppades att konkurrenterna inte fått den än. Det kunde till och med vara en fördel att spara det till morgondagens tidning, då kunde de skriva "Imamen mördad av svenska huliganer?" Han lyfte telefonen och sade det ser bra ut vi kör den.

Kapitel 28

Ali vaknade av att han var genomsvettig solen stod redan
högt på himlen och det var mycket varmt. Han tittade på
klockan och såg att den redan var nio, han hade alltså sovit
flera timmar. När han tittade sig omkring såg han männis-
kor som gick längs strandvägen och långt borta såg han be-
byggelse som måste vara Helsingör. Han hade träningsvärk
och kände sig törstig och hungrig. Båten låg där han lämnat
den och ingen tycktes bry sig om varken honom eller båten,
så han började gå mot staden som han uppskattade låg en
halvmil bort. Det blev en lång promenad och vid ett tillfälle
gick han ner till havet och tvättade sig i det kalla saltvatt-
net. När han äntligen kom fram till staden visade det sig att
den var mindre än han föreställt sig med många äldre hus
och ett mindre stenlagt torg. De var många turister och en
hel del tiggare som satt utanför affärerna som i Sverige. När
Ali speglade sig i skyltfönster såg han att han nu liknade en
av dem, håret var tovigt och skägget ovårdat. Kläderna var
också smutsiga han hade haft dem på sig flera dagar. Han
växlade in fem hundra kronor till euro på ett växlingskontor
och gick och åt en hamburgare och två läskedrycker, efter
det tog han en kaffe och livet var plötsligt uthärdligt. Men
han hade inga planer på att stanna i Helsingör han ville läm-
na Danmark så fort som möjligt så han gick till stationen där
lokaltåg gick till Köpenhamn. Det är lättare att vara anonym
i en storstad och det gick bussar från Köpenhamn till Kol-
ding som låg nära gränsen till Tyskland. Tåget till Köpen-
hamn gick varje hel och halvtimme och resan tog ungefär

fyrtio minuter. Han köpte en biljett och slog sig ner på en bänk och väntade, det var mest turister som åkte med tåget och han märkte att de tittade undrande på honom. De undrade antagligen om tiggare hade råd att åka tåg. Det var avslappnande att åka tåg och se landskap och bebyggelse långsamt glida förbi. När han kom till Köpenhamn gick han runt till olika växelkontor och växlade in kronor till euron. Han ville inte växla in större belopp för risken att de skulle reagera på att en tiggare hade så stora summor. Det hade nu blivit eftermiddag och han sökte sig till busstationen där bussen som han skulle åka med gick. Han lade sig vinn om att inte kunna något språk utom arabiska och några ord engelska. Så när han kom till biljettkassan sade han "bus Kolding" och räckte fram pengar. Flickan i kassan frågade vilken buss han ville åka med, men han skakade på huvudet och upprepade det han sagt en gång till. Hon tog då fram en tidtabell och pekade på nästa avgång och han nickade och fick biljetten. Det var en timme till bussen skulle gå så han gick runt och tittade på området i närheten. Han köpte också lite proviant i form av vatten och några inplastade smörgåsar. När det var dags att åka med bussen märkte han att den bara var halvfull, det var skönt att slippa trängas så han satte sig långt bak och bredde ut sina saker på stolen bredvid. De flesta som åkte med bussen var ungdomar som han fattade var på väg till någon musikfestival. Det började nu bli kväll och när bussen startade försökte han passa på att få lite sömn för när han väl kom till Kolding visste han inte var han skulle sova.

Kvällen efter det lyckade "tillslaget" samlades fredsänglarna
på Jägaren, stämningen var hög och på bordet låg ett ex. av
Kvällspressen. "Det där med att IS tände eld på imamen och
huset var bra" sade Sverre och skrattade. "Till nästa tillslag
måste vi skaffa en sådan där jävla svart flagga som dom all-
tid viftar med" mer skratt." Kan du skicka hit mobilen så jag
få se filmen en gång till" sade Jenke. De samlades runt ho-
nom och tittade på filmen en gång till och kommentarerna
haglade. "Kolla hans min när han ser att Dojan häller bensin
på hans bil, som antagligen skattebetalarna betalt" alla sk-
rattar. "Där fick du in en riktig pärla" säger någon beund-
rande, det är den som sänker honom. Ligger filmen på nä-
tet än undrar Sverre. Nej säger Nille som är expert på dato-
rer, den måste läggas ut så det inte går att spåra den. Jag
har tänkt gå på ett internetcafé och kapa någon Facebook,
gärna något som har en massa "vänner" sedan lägger jag in
filmen och skickar till "alla vänner" med texten "skicka vi-
dare till alla era facebooksvänner." Det har jag gjort med fil-
mer från fotbollsmatcher och det fungerar. Har polisen hört
av sig till er än undrar Dojan, nej men det kommer sade
Sverre. Men när de gör det kör vi som vanligt, när de frågar
var vi var när imamen brann säger vi att vi var på Jägaren al-
lihop. Om de frågar om någon kan styrka det säger vi "alla
fredsänglar" kan styrka det. Säger alla då kommer grisarna
ingen vart. "Snutarna gillar det här" säger han som hade en
bror som var polis. Ok säger Sverre nu skall vi fundera på
nästa tillslag, är det någon som har något förslag? Det är väl
dags att vi hälsar på i någon moské, säger någon och det
hörs ett gillande mummel från de andra. Sverre nickar tank-

fullt innan han säger "det är en stor grej och vi måste planera det noggrant", och det behövs mer folk och bilar. Jag skall höra runt om det är några som är intresserade av att vara med.

Att få en arresteringsorder på Ibrahim visade sig vara omöjligt enligt åklagaren. Det enda de egentligen hade på honom var att Ali ringt honom och det räckte inte för att utfärda en arresteringsorder på honom. Men de kunde ta in honom på förhör och det beslöt de att göra. Björn beslöt att åka till Göteborg och själv leda förhöret för han var den som var mest uppdaterad på fallet. I samråd med göteborgspolisen beslöt de att ta honom när han gick från arbetet på kvällen och sedan förhöra honom under natten när han var trött och okoncentrerad.

När Björn anlände till Göteborg var Ibrahim redan omhändetagen och satt i en cell på polishuset, gripandet hade gått helt odramatiskt. När Björn kom in i förhörsrummet satt Ibrahim tillbakalutad med ett hånfullt leende på läpparna. Den första frågan Björn ställde var "vet du varför vi tagit in dig för förhör? "För att jag är muslim och ni gör allt för att trakassera oss" svarade Ibrahim. På frågan om han kände Ali nickade han och frågade om han fick röka. Nej svarade Björn och fortsatte förhöret med frågan om var han var vid sprängningen på centralen. Jag åkte till Göteborg kvällen innan i sällskap med Ali svarade Ibrahim. Björn kom av sig och sade "I sällskap med Ali?" Ibrahim böjde sig mot mikrofonen och sade "ja" sedan lutade han sig tillbaka med ett överlägset flin. Kan någon bekräfta det undrade Björn "inte fan vet jag men ni kan väl kolla SJ eller vad dom heter nu" sade Ibrahim. När Björn frågade var Ali är nu ryckte Ibrahim på axlarna och sade att han skulle träffa någon tjej som jag inte känner, har ni försökt ringa honom? Åter detta hånleende som fick Björn att knyta händerna och ta ett djupt andetag. Han stängde av bandinspelaren och böjde sig fram mot Ibrahim och sade "jag kan garantera att när vi är klara med dig kommer du inte att le." Sedan slog han på bandinspelaren igen och sade "var du vid sprängningen i Forsmark?"

Kapitel 29

Vid denna tid, efter andra attentatet på några månader, var Sverige ett splittrat land. Många ville ha nyval och den sittande regeringen hade inga konstruktiva förslag, de var i det närmaste handlingsförlamade och när statsministern tvingades göra några uttalanden blev det bara tomma ord som framfördes utan pondus, och mottogs utan entusiasm. Därför var förvåningen stor när regeringen beslutade att dra tillbaka alla trupper som var stationerade utanför landet, även de JAS-plan som deltog som spaningsplan i kriget i Syrien. Riksdagen var inte enig men en majoritet röstade för förslaget, motiveringen var att läget i landet var sådant att de få militärer som fanns behövdes hemma. En annan motivering som ingen politiker talade om var att om Sverige drog sig ur kriget skulle kanske attentaten upphöra. En annan åtgärd som vidtogs var att nuvarande ÖB fick avgå och ersattes av överste som hette Sigvard Wrangel. De tidigare överbefälhavarna hade fått sina tjänster genom att komma med kreativa förslag om hur försvaret kunde bantas ytterligare. Man kan säga att de var specialister på att såga av den gren de satt på. Den nya ÖB sade från början att hans målsättning inte var ett billigt försvar, utan ett försvar som kunde lösa sina uppgifter. Han hade tidigare kallats för "hök" men när landet befann sig i kris var tydligen hökar välkomna i försvaret. Hans första uppgift var att införa en frivillig mönstring av alla artonåriga ynglingar, han hoppades på det sättet fylla alla vakanser som nu fanns i försvaret. Vid en intervju hade han sagt "Sveriges försvar är det enda försvar i världen där det finns fler officerare än meniga, det måste vara ett fundamentalt fel som jag skall ändra på."

När statsministern framförde de nya besluten betonade han att anledningen till besluten inte hade något med oroligheterna i landet att göra utan han betonade att det var en "anpassning till den nya hotbilden" och att beslutet inte fick tolkas som att Sverige viker ner sig för hot från IS.

Domen från de andra länderna som var inblandade i kriget i Syrien var hård. Den franska tidningen La Figaro skrev "Sverige är det första landet som kapitulerar för IS". En amerikansk tidning hade en annan tolkning "i Sverige talar man mycket om att gå med i Nato, frågan är om det är önskvärt att de är med? Skall Sverige vara med bör de betala en hög avgift för de har inget eget försvar att bidraga med". En finsk tidning skrev "Sverige är ett land som alltid talat om för andra hur de skall göra och kritiserat dem som inte ställer upp för världssamfundet, men själva hoppar de av så fort de blir drabbade." Den enda tidning som skrev om omvärldens reaktion var Kvällspressen som nu var landets näst största kvällstidning.

När Ali anlände till Kolingen hade det redan börjat mörkna och Ali gick runt i centrum för att om möjligt hitta någon som hyrde ut rum, han kunde inte gå till något hotell eller vandrarhem för de begärde att man skulle visa pass. Men han hittade inget så efter en stund började han söka efter

andra "flyktingar" och efter ett tag hittade han en grupp
yngre män som han hörde pratade arabiska. Han gick fram
och började prata med dem samtidigt som han bjöd på en
cigarrett. De började byta erfarenheter och de berättade
att de var "papperslösa" från Syrien och deras slutmål var
Stockholm i Sverige. Ali i sin tur berättade att han också var
från Syrien och "papperslös" för han hade hört att det var
enklare att få asyl i Sverige om man var flykting och inte
hade papper. Men för hans del hade han inte ens fått kom-
ma in i Sverige så han hade bott i ett flyktingboende i Kö-
penhamn i en månad så nu var han på väg hem för den del
av Syrien han bodde i hade aldrig varit ockuperat av IS. När
han berättade att han var på väg söderut sade de att det
inte var några problem att resa åt det hållet alla ville bli av
med så många flyktingar som möjligt det var när man reste
norrut som det blev svårare och svårare att passera grän-
serna. De tipsade honom också om att han skulle undvika
Ungern för där var gränserna stängda åt båda hållen. På frå-
gan om de kände till något ställe man kunde övernatta på
berättade de att de föregående natt sovit på ett nybygge,
det var folktomt där efter arbetstid men man var tvungen
att lämna bygget före åtta då byggjobbarna kom. Det var i
alla fall tak över huvudet om det regnade. Han kunde följa
med dit om han ville. Ali accepterade och vid elvatiden gick
de några kvarter till ett nybygge och kröp under stängslet
som omgav bygget. Ali litade inte på sina nya vänner så han
lade pengarna i ena skon som han hade på sig under nat-
ten. Genom att lägga en presenning över några isolermat-
tor fick han en riktigt behaglig sovplats men han hade svårt
att somna. Frågan var hur han skulle ta sig över gränsen till

Tyskland. Antagligen hade de hittat bilen och båten vid det här laget och då skulle bevakningen vid gränsen mot Tyskland vara förhöjd. När han väl var i Tyskland var det så många vägar han kunde välja på så det skulle bli betydligt svårare att finna honom. Slutligen somnade han och vaknade av att han frös, klockan var halv sju och han kunde höra brus av morgontrafiken. Han brydde sig inte om att väcka de andra flyktingarna utan lämnade bygget genom samma hål i staketet som han kommit in genom. I centrum hade redan morgonrusningen börjat och han sökte upp ett café och drack kaffe och åt en smörgås. Sedan började han följa skyltar som visade vägen mot Hamburg. Han fick gå ganska långt tills han kom till utfarten mot Tyskland och Hamburg men som tur var hade det blivit svalare och molnigt. Efter att ha gått ytterligare någon kilometer fann han det han sökte, en stor bensinmack med en matservering och utanför stod det flera långtradare. Han satte sig så han kunde se långtradarna komma och åka, det han var ute efter var någon med pressnings kapell som han kunde krypa in i utan att bli sedd från restaurangen. Det blev en lång väntan, det kom och åkte långtradare hela tiden men det var sådana med plåt överbyggnad som han inte kunde komma in i. Efter två timmar kom äntligen en som såg ut att passa, det stod något om Hamburg på det gula kapellet som omgav lastflaket. Föraren gick in på restaurangen och Ali smög fram så han hade lastbilen mellan sig och serveringen sedan lossade han presenningen och kröp upp på flaket, men det gick inte att få presenningen på plats när han var på flaket. Antagligen hade bilen transporterat kontorsutrustning för det var mycket emballage i form av papp och trälådor. Han räknade med att chauffören skulle titta på flaket när han såg att presenningen var lös så han gömde sig i en trälåda och väntade.

Kapitel 30

Alis antagande att polisen hittat bilen stämde, en nitisk hamnkapten i båtklubben hade noterat att bilen var parkerad på fel ställe och tagit numret på bilen och med hjälp av det försökt spåra ägaren. När han ringde ägaren som var bosatt i Botkyrka och fick reda på att denne fått sina skyltar stulna ringde han polisen. Polisen var snabbt på plats och man kunde konstatera att det var den bil som var efterlyst i samband med attentatet i Stockholm. Spaningsledaren Bengt kontaktades och en teknisk undersökning av bilen gjordes. När den informationen drogs i ledningsgruppen var alla överens om att Ali var på väg mot Syrien via Danmark. Och det mest troliga var att Ali stulit en båt och på egen hand tagit sig över sundet. Ett stort spaningsuppbåd mobiliserades på båda sidor sundet och den övergivna båten hittades nästan genast på den danska sidan. Bevakningen vid gränsen mot Tyskland ökades och signalement skickades ut till alla gränskontroller.

Ett annat genombrott i spaningarna hade gjorts, ett suddigt fingeravtryck som hittades i städfirmans bil i samband med attentatet i Forsmark visade sig efter rekonstruktion stämma med Ibrahims fingeravtryck. Ibrahim hade släppts efter förhöret men nu fick Björn äntligen en arresteringsorder på honom så de kunde gripa honom för tredje gången. Denna gång var han inte så hånfull, han förstod att de hade någon form av bevis mot honom och han vägrade prata utan ad-

vokat. Bengt kunde inte låta bli att säga "det är inte lika ro-
ligt denna gång" innan han slog på bandinspelaren och star-
tade förhöret. Som väntat erkände inte Ibrahim något men
han påstod att han inte var i Sverige när attentatet i Fors-
mark utfördes, men han kunde inte styrka det med någon
form av alibi.

För Alis del blev det en lång väntan och det var varmt i trä-
lådan under kapellet. Men efter någon timme hörde han
steg och sedan prassel från presenningen och något som lät
som en svordom, han låg orörlig men inget hände och efter
någon minut startade bilen och Ali kunde andas ut och kry-
pa ur lådan som han låg i. Nästa kritiska punkt var gräns-
kontrollen till Tyskland för han var säker på att han var ef-
terlyst och att det skulle ske någon form av kontroll där. En-
ligt hans beräkningar var det ungefär en timmes resa dit
och han beslöt att ta chansen att inte kontrollen var så nog-
grann. Han testade och lade sig i lådan och lade emballage
över sig, vid en snabb kontroll skulle de inte se honom även
om de gick upp på flaket, men hade de hund hade han in-
gen chans att klara sig. Genom en glipa i presenningen kun-
de han se åt sidorna och bakåt, så när skyltar som angav att
de närmade sig gränsen kom kröp han ner i lådan och drog
emballaget över sig. Bilen stannade och stod still en stund
sedan körde den fram några meter och stannade igen, det
var tydligen någon form av kö och det i sin tur innebar att
bilarna kontrollerades. Svetten rann och tiden tycktes stå
stilla när bilen stannade för tredje gången och han hörde
röster bredvid bilen. Samtalet fördes på tyska som Ali inte
kunde men det lät som någon form av ordergivning från det

som tydligen var tulltjänsteman och mer dämpat och låg-
mält från chauffören. Plötsligt hörde han klampande på fla-
ket och nya högröstade kommentarer nu alldeles nära lå-
dan han låg i. En duns när någon stötte till eller sparkade på
lådan sedan avlägsnade stegen och han hörde prassel när
presenningen surrades. Han drog en suck av lättnad, det
var nära ögat men nu var han i Tyskland och den svåraste
delen av resan var avverkad. Resan till Hamburg tog unge-
fär två timmar och Ali kunde följa var de var genom att titta
på skyltar längs vägen, hur han skulle komma av lastbilen
när de var framme viste han inte men han lossade på pre-
senningen längst bak på flaket så han skulle kunna snabbt
smita av om bilen stannade, chauffören skulle inte kunna se
från förarhytten om han klev av där. När de väl kom in i
Hamburg fastnade de genast i köer och sniglade sig fram,
men efter en stund svängde lastbilen av och körde in på ett
industriområde och fram till en lastbilsparkering nära ett
godsmagasin. Föraren lämnade bilen och gick mot magasi-
net och när han försvunnit in passade Ali på att lämna bilen
och börja gå mot infarten till parkeringen ingen verkade ha
sett honom. Han hade inte en aning om var i Hamburg han
var men han gick mot det hållet där det verkade vara mest
trafik. Och snart såg han skyltar som visade vägen mot cent-
rum. Han hade ett svagt minne av att järnvägsstationen låg
centralt. Slutligen hittade han en buss som tydligen gick till
Hamburg Hauptbahnhof, som stationen hette, så han slapp
gå hela vägen. Det hade nu blivit kväll och han gick runt i
den ärevördiga byggnaden som han så ofta sett på film men
den var mer imponerande i verkligheten. Han köpte en bil-
jett till tåget som gick till München, det var en och halv

timme till det skulle gå så han hade tid att gå och äta och flanera runt. De sista dygnen hade varit stressiga så han kände sig trött och i behov av att sova, men han räknade med att kunna sova på tåget. Tågresan till München skulle ta fem timmar, det var inget snabbtåg så när Ali kom på plats och hittat sin stol tog det inte lång tid innan han somnade. Det var inte mycket folk på tåget så han hade båda säten att försöka ligga på. Men han vaknade vid varje station och det gick och kom nya människor hela tiden, därför sov han dåligt och fortfarande var trött när tåget närmade sig München. När han kom fram var klockan fyra på morgonen och staden sov fortfarande. Det var kallt och mulet väder så han satte sig på stationen och inväntade stadens uppvaknande. Här hade han tänkt stanna några dagar och planera den fortsatta resan.

På jägaren var det ett tjugotal fredsänglar samlade de diskuttrade Botkyrkas moské och "besöket" de skulle göra där. Sverre hade ordet; "vi har fått tag på fyra bilar och det gör att vi blir ungefär tjugo personer" han tittar runt på de församlade och fortsatte; " problemet är att få tag i bilar, det är många som vill åka med men vi har inte fler platser. Vad gör vi om det står hundra kamelryttare beredda med sten när vi kommer? Undrade någon och tillade, jag vill fan inte bli stenad. Jag har pratat med flera MC gäng och de har sagt att de inte är med på själva stormningen men att de kan stanna på kolonn utanför moskén, det är inte straffbart att stanna med motorcyklar utanför moskéer. Det bör vara avskräckande om getknullarna vill ha bråk. Vi har också fått information att polisen inte har någon extra bevakning där

efter tio i morgon. Därför har jag kommit överens med MC
gängen att de skall vara på gatan framför moskén klockan
halv elva i morgon kväll. Alla som skall med måste ha en
huva och två molotovcocktailar som ni får göra själva, några
frågor? Skall vi ha några vapen med, frågade någon. Det får
ni avgöra själva svarade Sverre, men det kan bli ett jävla liv
så jag tar nog med knogjärn eller kniv. Förresten ha mobi-
lerna med så ni kan filma när moskén brinner.

Vad Sverre inte visste var att muslimerna i Botkyrka hade
nåtts av ryktet att deras moské skull brännas. När Sverre
frågade runt bland MC klubbarna om de ville ställa upp ha-
de ryktet bland de kriminella spridit sig som en löpeld och
då naturligtvis även nått Botkyrka. För att förebygga atten-
tatet hade de nu bevakning i moskén under nätterna och ly-
set i byggnaden tänt hela nätterna. De som vaktade i kyr-
kan skulle ringa så snart det inträffade något och alla som
blev uppringda skulle i sin tur ringa ytterligare två stycken
och så snabbt som möjligt bege sig till moskén.

Polisens utredning om de utförda attentaten rullade nu på
bra. Genom fingeravtrycken i städ bilen kunde de binda Ib-
rahim till sprängningen i Forsmark, men de hade också fun-
nit hårstrå på den mördade Dines rygg som också band ho-
nom till det mordet. Den enda smolken i bägaren var att de
inte lyckades hitta Ali, alla resurser hade utnyttjats men
spåren efter honom tog slut vid båten som hittades på den
danska kusten. En annan konstig sak tänkte Björn var att ut-
redningen av mordet på imamen och mordbranden inte
kommit någon vart. Inga vittnen i området hade sett något
och inga spår hade funnits på brottsplatsen. Bengt fick det

intrycket att poliserna som arbetade med fallet inte var mo-
tiverade att få fast mördarna. Det var en känsla han hade
men det fanns inget konkret han kunde peka på.

Kapitel 31

Vid sjutiden började stadens gator och stationen fyllas med människor som skyndade till sina jobb. Ali blandade sig med dem och gick runt i centrum och tittade efter rum att hyra, men han kunde inte hitta några så han gick och åt frukost i en servering. Sedan fortsatte han att vandra runt i staden, det var en vacker stad med ett vattendrag som gick genom stadens centrum och många parker. När han passerade en turistinformation fick han ett infall och gick in för att se om de hade någon lista på rum som han kunde hyra. En kvinna i hans egen ålder frågade vad hon kunde hjälpa honom med. Han förklarade att han behövde stanna i staden några dagar men inte hade pengar till hotell för han var studerande. Det visade sig att de hade en lista på privatpersoner som hyrde ut rum och hon hjälpte honom att ringa. När hon frågade efter namn gav Ali henne namnet på en kusin som inte flyttat och antagligen bodde kvar i Syrien. Till slut hittade de ett rum som inte låg så långt från centrum, tyvärr kunde han inte flytta in före kl. 15:00 och han skulle betala i förskott och det var Ok för Alis del. Han fick också lämna väskorna på turistinformationen så han slapp släpa på dem under dagen. Det var flera timmar som han måste fördriva så han fortsatte att bekanta sig med staden. Han tittade särskilt efter personer som kunde vara flyktingar och såg ut att komma från Syrien. Slutligen hittade han två yngre män som han hörde pratade arabiska. Han körde det vanliga trixet att bjuda på en cigarrett och började prata med dem. Det visade sig att de var flyktingar från Syrien och de hade sökt asyl i Tyskland. De hade nu bott två månader på ett flyktingboende och trodde att de skulle få vänta ytterligare några månader innan de fick besked om asylen beviljades. Ali berättade att han inte fått komma in i Sverige för han var papperslös och anledningen till det var att det sagt att det var enklare att få asyl i Sverige om man var papperslös. Sedan skakade han på huvudet och sade "vilken jävla röra" och att han var trött på att leva som en tiggare och var på väg tillbaka till Syrien men han visste inte hur han skulle ta sig till Turkiet utan papper. En av de asylsökande berättade att han hört att det var flera som ville återvända och att tyskarna, som ville bli av med så många flyktingar som möjligt, ordnade bussresor till turkiska gränsen. Han visste inte när eller hur ofta bussarna gick men det visste säkert föreståndaren på deras boende. Ali fick adress och namn till honom och tackade för hjälpen. Det var en perfekt lösning tänkte han, om han fick åka buss till syriska gränsen skulle han säkert kunna smita av bussen innan turkiska myndigheter tog över för han var rädd att de skulle kunna spåra honom. Efter att han fördrivit ytterligare några timmar var det dags att gå och hämta bagaget och gå till adressen där rummet skulle finnas. Det var en äldre man som öppnade och han såg först tveksam ut när han såg Ali som inte varit ur kläderna på flera dagar, men när Ali sträckte fram pengarna blev han mer positivt inställd. Rummet var litet men det fick duga, det viktigaste var att det fanns tillgång till bad och möjlighet att tvätta kläder. Det var en lyx att bada och ta på sig nyinköpta rena kläder de han använt passade han på att tvätta. Sedan lade han sig och somnade genast. Han sov hela natten och vaknad utsövd vid åttatiden. När han duschat och rakat sig bjöd hyresvärden på kaffe, det visade sig att han var änkeman sedan flera år och han pratade bra engelska för han hade arbetat på sjön i sin ungdom. Tydligen var han ensam och i behov av att prata så Ali satt och lyssnade på hans historier om när han var på sjön, slutligen ursäktade han sig med att han skulle träffa någon och gick till den adressen han fått av de asylsökande. När han kom dit var inte föreståndaren där men han väntades in när som helst. Han behövde inte vänta länge innan föreståndaren, som hette Manfred, kom. Han var yngre än Ali hade förväntat sig knappast trettio år och verkade mycket energisk. Ali berättade sin historia om hur han rest till Sverige men inte blivit insläppt. Han tillade att det område i Syrien som han kom från nu var befriat från IS så han ville komma tillbaka och fortsätta driva gården. Manfred lyssnade på honom utan att avbryta och satt sedan tyst en stund innan han tog till orda," som du säkert vet har vi problem genom att vi fått hit så många flyktingar på så kort tid därför vill vi skicka tillbaka alla som har en möjlighet att fortsätta att leva i sina respektive hemländer. Därför ordnar vi busstransporter till turkiska gränsen för asylsökande som fått avslag, där får du själv diskutera med turkarna om resan till syriska gränsen." Ali nickade och sade att han gärna skulle vilja åka med en av de bussarna. Manfred fyllde i uppgifter på namn födelsedatum och hemort i Syrien. Ali lämnade uppgifterna på sin kusin och kusinens hemby. Sedan ringde föreståndaren ett samtal och pratade med den personen som ordnade busstransporterna. Han avbröt sig och vände sig till Ali och frågade; kan du åka i övermorgon vid tiotiden? Ali nickade och

Manfred bekräftade i telefonen att det fungerade och lämnade uppgifterna som han fått av Ali. Resan skulle ta två dagar och poliser skulle vara med på bussen så att ingen hoppade av under resans gång. Gränsen som bussen åkte till var mellan Grekland och Turkiet. Det var en överenskommelse som passade Ali perfekt, han var säker på att han skulle kunna smita från bevakningen i Grekland och sedan på egen hand ta sig in i Turkiet och resa till gränsen mot Syrien.

Kapitel 32

Klockan halv tio samlades Fredsänglarna på Medborgar-
platsen, stämningen var uppskruvad många kom direkt från
Jägaren och de flesta bar plastkassar med molotovcocktai-
lar i. De fyra bilarna fylldes snabbt och det blev en del tjafs
om vilka som inte fick plats i bilarna. Sverre ringde till leda-
ren för MC gänget och fick klartecken att de var klara att
åka. Bilarna startade vid tiotiden och började köra mot Bot-
kyrka via E4 an. Sverre hade bestämt att MC gänget och
änglarna skull träffas på bensinmacken vid Botkyrkaleden
och köra i klunga fram till moskén. Det hade kommit unge-
fär femtio motorcyklar, alla av märket Harley Davidson och
det var fler MC gäng som kommit. Det låg spänning i luften
när de började köra den korta sträckan till moskén. Det var
ett öronbedövande dån när alla motorcyklar ställde sig med
motorerna på och släppte fram bilarna som stannade utan-
för moskén. Det som förvånade besökarna var att alla ljus i
byggnaden var tända och det verkade som det var männi-
skor där. Men Sverre klev ur bilen och skrek för att överösta
dånet från motorcyklarna "nu kör vi". Inne i helgedomen
satt fyra som skulle vakta kyrkan och när de såg och hörde
kolonnen komma började de genast ringa efter förstärk-
ning. Men när huliganerna strömmade ur bilarna och tände
eld på sina bensinbomber lämnade de byggnaden spring-
ande genom en bakdörr som fanns på baksidan och sprang

ner mot stranden som låg bakom huset. Som planerat om-
ringade de moskén och började kasta sina hemgjorda
brandbomber mot byggnaden, det var i första hand fönster
som de kastade mot. Det dröjde inte länge innan det slog
upp eldsflammor inuti byggnaden och alla tog fram sina
mobiler och filmade och fotograferade. Nu började det
samlas människor som fått telefonsamtal från vakterna,
men raden av motorcyklar som blockerade vägen gjorde att
en folkmassa samlades längs Mc raden och när de såg elds-
lågor slå ut ur moskén försökte de springa mellan motor-
cyklarna men de blev stoppade av slag eller påkörda. Någon
i folkmassan tog en stor sten och kastade mot en av motor-
cykelisterna, den träffade honom i huvudet och han ramla-
de av mc.n med blodet rinnande från ansiktet. Det blev
startskottet, stenar haglade över både fredsänglarna och
motorcyklisterna. De i sin tur körde in i folkhopen och ska-
dade många och änglarna började kasta sten mot folkho-
pen som bara blev större och större. En polisbil dök plötsligt
upp men den hamnade i korselden mellan de stridande par-
terna så den backade snabbt undan och kallade på förstärk-
ning. Nu såg området ut som ett slagfält runt moskén det
låg motorcyklar och skadade människor på gatan och mos-
kén stod i lågor. När övermakten började bli för stor börja-
de "besökarna" lämna slagfältet. Tre av bilarna kunde köra
därifrån, visserligen buckliga och med trasiga fönster men
en av bilarna hade folkmassan vält. Tio motorcyklar låg på
vägen och de andra lämnade platserna några av dem som
blivit av med sina fordon fick åka med de andra. Brandbilen
anlände men de körde inte fram till den brinnande moskén
utan de stod och såg på då den brann ner. Slutligen hade

det kommit så många poliser att de kunde köra in på området men då var slaget redan över och polisen fick koncentrera sig på att söka efter skadade och döda. Även brandbilen kunde nu köra fram men det var för sent byggnaden gick inte att rädda utan de fick ägna sig åt eftersläckning. Resultatet av attacken var fyrtio skadade och fyra döda, två från MC gäng och två muslimer. Mirakulöst nog klarade sig Fredsänglarna med två skadade trots att det var de som startade attacken. I slutänden var det nu krig mellan alla MC gäng och muslimerna.

Dagen efter stod det med stora svarta bokstäver på Aftonpressens löpsedel "MOSKE NEDBRÄND FULLT KRIG I BOTKYRKA". På Expressens löpsedel stod det "MORDBRAND I MOSKE" och Aftonbladet skrev "HÖGEREXTREMISTER BRÄNDE NER MOSKE". Den sista vinklingen var kanske för att få mer presstöd. Redaktör Bergkvist på Aftonpressen gnuggade händerna, det här skulle sälja extranummer och höja SD.s siffror i opinionsmätningarna. Om de kunde få till ett nyval skulle antagligen SD få egen majoritet och Aftonpressen skulle bli deras språkrör, så på tidningens ledarsida stod det en artikel med rubriken "Nyval enda lösningen". Det var också en demonstration utanför riksdagshuset där kravet om nyval stod på plakaten. En motdemonstration av muslimer blev angripna av folkmassan och de få deltagarna fördes bort med polisbeskydd. Stadsministern försökte i det längsta slippa kommentera den uppkomna situationen men till slut ställdes han mot väggen och tvingades svara på frågorna som alla ställde. Blir det nyval, och vad tänkte regeringen göra åt det krig som pågick i förorten. På den sista

frågan var svarade han att nu skulle militärer ligga i bereds-
kap och sättas in vid sådana tillfällen som i Botkyrka. Någon
i publiken skrek "vilka militärer?", någon annan skrek "Åda-
len" men han låtsade inte höra det. På frågan om nyval sva-
rade han att regeringen inte planerade det. Det resulte-
rade i buande från publiken och statsministern avbröt in-
tervjun.

Men i SD.s lägenhet på Östermalm var det inga sura miner,
den "inre cirkeln" var samlad och partiledaren var på ett
strålande humör, "Denna chans kommer aldrig igen" sade
han." Nu har vi bara ett mål som vi skall arbeta mot och det
är nyval." Det skålar vi på, sade Bengt som var pressansva-
rig, och alla höjde sina glas. Det är en annan sak sade parti-
ledaren, de här grabbarna som kallar sig Fredsänglarna
borde få lite uppmuntran, han vände sig till viceordförande
Jarl och sade "kan inte du kontakta den som är ledare för
dem och erbjuda dem lite sponsring" alla skrattade och Jarl
nickade. Men det måste vara kontanter som inte går att
spåra till oss sade han och de andra höll med. När det gäller
nyval har jag en plan som jag tror kommer att uppskattas av
media sade pressansvarige Bengt och redogjorde för sin
plan. Då han var klar kom det en spontan applåd från de öv-
riga och partiordförande nickade gillande.

Ett annat ställe som det var glada miner på var puben Grö-
na Jägaren. Änglarna var samlade och nu var de så många
att de fått flytta dit ytterligare ett bord för att få plats. Me-
delpunkten var Sverre som nu var gruppens obestridda le-
dare. Jag har hört att det är fullt krig mellan MC gängen och
muslimerna sade han med ett belåtet flin. Blev inte MC

gänget förbannade på dig sade någon. Sverre ryckte på axlarna och sade de har gnällt lite men det är väl deras problem om dom får på skallen av kamelryttarna, nu hoppas vi att dom trycker dit araberna en gång för alla. Det var synd att två av våra grabbar skadade sig fortsatte han men det var inte så alvarligt, snart är de här igen. Alla nickade alvarligt och en skål för de skadade utbringades.

Kapitel 33

Klockan tio var Ali på plats vid asylboendet dit bussen skulle komma, det var ytterligare två från boendet som skulle med. Bussen kom vid elvatiden och det visade sig vara en gammal militärbuss. Den hade varit på andra ställen och hämtat upp passagerare så den var halvfull. Det var också två vakter med troligen militärer men med civila kläder och de verkade vara beväpnade. De satt längst fram bredvid föraren antagligen för att markera distansen till passagerarna. När Ali klev på kontrollerade de i en lista och frågade efter pass men föreståndaren som var med pratade med dem och de nickade och Ali fick skriva på listan med namn sedan fick han kliva på. Det var obekväma säten och varmt i bussen och de andra passagerarna tittade likgiltigt på honom eller satt och halvsov. Det slog honom att det var uteslutande män, unga män och de såg ut som uteliggare vilket troligen många av dem var. Han försökte slappna av och sova men han kunde inte utan tankarna började vandra. Det var en konstig situation, han var en efterlyst troligen i hela världen och nu bjöd fienden på buss så han kunde åka till Syrien och kriga mot dem, han drog på munnen. Som tur var hade han tagit vatten med sig för bussen körde fem timmar utan att stanna och han var både hungrig och törstig när den äntligen stannade vid något som såg ut som en kasern, vilket det också var. De hade passerat Österrike utan att stanna och var nu i forna Jugoslaven, nära gränsen.

I en sliten matsal fick de något som skulle föreställa kött-
gryta men alla var hungriga så ingen klagade utan åt under
tystnad. Det hade visat sig att en av passagerarna hade va-
rit i Sverige men när han insåg att han aldrig skulle få asyl
hade han beslutat sig för att resa hem. Han var inte från Sy-
rien utan Turkiet och han hade tagit chansen att följa flyk-
tingströmmen till Sverige för han hade hört att man genast
skulle få en ny lägenhet om man kom dit. Han var tjugotre
år och i Sverige hade han uppgivit att han var papperslös
och arton år. Om man var "ensamkommet barn" fick man
förtur och kunde inte straffas. Under väntetiden hade han
och några kompisar träffat en tjej och hon påstod att de
våldtagit henne så då tyckte han det var bäst att lämna Sve-
rige. Ali lyssnade utan att kommentera hans berättelse men
han tänkte "vilket jävla svin", men det var bra att bli kompis
med honom för det skulle underlätta att resa i Turkiet. När
de ätit fick de gå in i bussen igen och vakterna prickade av
dem och resan fortsatte ytterligare fem timmar enbart med
något stopp för att uträtta behov. När det började mörkna
hade de kommit till Serbien och de stannade vid en gammal
byggnad som antagligen varit skola och de fick under be-
vakning av vakterna gå in i ett stort rum som kanske varit
gymnastiksal. Där fick de kaffe och bröd och hänvisades till
madrasser som var utlagda på golvet. Dörren låstes och det
var galler för fönstren men ingen var intresserad av att
rymma för de var långt från närmaste bebyggelse och alla
var trötta. Ali pratade med honom som varit i Sverige och
försökte pumpa honom på vad han trodde skulle hända när
de kom fram. Men han verkade inte veta mer än Ali så han
försökte prata med vakten som skulle låsa dörren men han

skakade bara på huvudet och låste dörren. Den natten sov
han dåligt, nästa dag skulle de vara framme och frågan var
om han skulle försöka fly vid något stopp längs vägen eller
om han skulle vänta till de var vid turkiska gränsen. Men
om flyktförsöket misslyckades skulle han misstänkas för att
vara någon annan än vad han hade uppgivit. Det fanns
också en möjlighet till och det var att hålla god min och
hoppas på att turkarna körde honom till gränsen. Alla län-
der i Europa ville bli av med dem inklusive Grekland och
Turkiet. Så egentligen låg det i allas intresse att han kom in i
Syrien, han hade fortfarande inte bestämt sig när han som-
nade. Tidigt på morgonen blev de väckta och fick något som
skulle föreställa gröt samt en mugg svagt kaffe och en bröd-
bit. Han var hungrig och åt så mycket han kunde, efter fru-
kosten började färden igen. De färdades nu i ett bergigt
landskap med små byar och steniga åkrar det verkade vara
fattigt. Det fanns fortfarande minnen efter inbördeskriget,
nedbrunna hus och utbrända fordon, landet verkade inte
ha hämtat sig efter kriget. Han hade beslutat att åka med
till gränsen och sedan se vad som hände. När han frågade
den turkiska flyktingen vad han tänkte göra då de kom till
gränsen svarade denna att han hoppades att de skulle släp-
pas i Turkiet och för hans del kunna resa hem till byn han
kom från. Efter några timmars resa var det dags att äta i en
kasern som låg avsides. Ali märkte att nu var det mer be-
vakning, militärer med skjutvapen som kontrollerade att
ingen lämnade gruppen. Maten var något bättre denna
gången, antagligen samma mat som militärerna åt. Bussre-
san fortsatte så snart alla var klara det verkade som vakter
och chaufför ville lämna sina passagerare så snabbt som

möjligt. Sista sträckan gick genom Grekland och det var lätt att se att detta var ett betydligt rikare land trots krisen.

När de äntlige kom fram till gränsstationen vid gränsen mot Turkiet hade det mörknat och bussen stannade på en asfalterad plan som låg i anknytning till bommarna som markerade själva gränsen. Vakterna verkade nervösa och skrek att ingen fick lämna bussen, och en av dem gick mot den turkiska posteringen vid bommen. Han var borta en halvtimme sedan kom han tillbaka och sade att de skulle sitta kvar och vänta. Efter en väntan som kändes lång kom en turkisk officer och fyra beväpnade soldater och alla beordrades kliva av bussen och ställa upp sig med packning framför sig. En av soldaterna gick genom packningarna och officeraren som nu hade listan prickade av namnen. När han kom till Ali frågade han varför denna inte hade något pass. Ali svarade att han fått det stulet under resan till Sverige, det var många som ställt den frågan så svaret kom automatiskt. När officeren var klar med listan pratade han med vakterna och bussen fick åka. Alla passagerarna fick ställa upp sig och de fördes förbi bommarna in på turkisk mark där fick de gå några hundra meter till en byggnad som de fick gå in i och det såg ut att vara någon form av häkte. De låstes in i var sin cell med fyra man i varje trots att cellerna var så små att de säkert var avsedda för en person och bestod av en säng och en hink att använda som toalett. En av passagerarna frågade om de inte skulle få någon mat men officeren svarade att det är ingen sällskapsresa. Den natten sov inte Ali en blund. Han antog att det skulle bli förhör i morgon och han memorerade i sitt minne vad han sagt vid tidigare tillfällen. Han skulle uppge namnet på kusinen som bodde i en by som han viste namnet på och som nu tydligen var befriad. Historien måste vara så enkel som möjligt, fördelen med kusinen var att han varit i byn på besök och kunde beskriva den.

Kapitel 34

Björn som ledde polisarbetet hade nu kommit så långt i ut-
redningen att de kunde väcka åtal mot Ibrahim. Han var på
sannolik själ misstänkt för mord och delaktighet i attenta-
tet i Forsmark. Datum för rättegången bestämdes men pro-
blemet var att det var uppenbart att Ali kommit undan och
antagligen var i Syrien. Då det gällde mordet på Imamen
och mordbranden samt upploppet vid moskén i Botkyrka så
låg det inte på hans bord och det var han glad för. Vid de
upprepade förhören med Ibrahim fick de inte fram något,
han slingrade sig och ändrade historien hela tiden tills den
helt tappat sin trovärdighet, och det underlättades inte av
att han fått en kändisadvokat som antagligen ville komma i
rampljuset och som vid förhören satt och sade att det kan
vi inte svara på för det kan vändas mot min klient. En annan
sak som inträffat var att det nu var krig mellan MC gängen
och muslimerna. Eftersom båda grupperna var väl repre-
senterade i landets fängelse hade det utbrutit en våldsvåg
mellan fångarna. Både Hall och Kumla hade haft fall av
misshandel och hot om misshandel, det gjordes försök att
placera om fångarna men för de tyngst belastade fångarna
fanns inte så många fängelser att välja på så det var svårt
att skilja de olika grupperna från varandra. Ali var nu efter-
lyst i hela Europa och Turkiet men inga uppgifter om ho-
nom hade kommit in. Även de stridande styrkorna i Syrien

hade fått signalement på honom så de kunde rapportera
om han blev tagen till fånga eller dödad. För Bengts del var
fallet i det närmaste avslutat det var en del pappersarbete
kvar och hela utredningen kunde sedan lämnas till åklaga-
ren.

*

På morgonen fick fångarna kaffe och en brödbit som de åt
glupskt för alla var hungriga. Sedan fördes fångarna till för-
hör, de gick en i taget och förhöret verkade ta ungefär en
halvtimme. Efter förhöret sattes de i en annan cell för att
de inte skulle kunna prata med dem som inte var förhörda.
Den turkiske "flyktingen" som Ali pratat med dagen innan
kom inte tillbaka, vart han tog vägen fick de aldrig veta. När
det var Alis tur att förhöras blev han förd av två beväpnade
vakter till ett kontorsutrymme som var längst bort i bygg-
naden och han fick sätta sig på en stol framför ett skriv-
bord. Det var inte samma officer som de sett på kvällen.
Denna var äldre och hade nästan inget hår och han såg mer
ut som en domare än militär. Utan inledande fraser läste
han upp de data med namn och hemby som Ali lämnat och
frågade om det var korrekt. Ali nickade och "domaren" fort-
satte med att säga "berätta vad som hänt och varför du är
här." Ali drog sin historia som han memorerat så många
gånger, den gick i princip ut på att han varit inne i staden
och sålt grönsaker och när han kom tillbaka var byn om-
ringad av IS. Som tur va såg de honom inte utan han kunde

smyga undan och börja köra mot turkiska gränsen. Han ha-
de då inget pass eller övriga papper bara lite pengar från
försäljningen. Vid gränsen hade han sålt bilen och fått ytter-
ligare pengar och sedan hade han följt med flyktingström-
men norrut. När han var klar ställde förhörsledaren ytterli-
gare kompletterande frågor, Ali försökte spela obildad
bonde och när de lade en karta framför honom och han
skulle peka ut var byn låg gav han sken av att han hade
svårt att läsa och inte kunde läsa en karta. Han mumlade
Aleppo och tittade förvirrat på kartan, när förhörsledaren
pekade ut staden, kunde han peka på platsen där hans
"hemby" låg. När förhöret var slut fick han frågan om vart
han var på väg. Han förklarade att som han förstod var nu
hans by befriat från IS och han ville bara återvända till sin
gård och fortsätta bruka den som före kriget. Vilka släk-
tingar som fanns kvar visste han inte för han hade inte haft
kontakt med dem sedan han flydde. Har du några pengar
frågade förhörsledaren. Det var en fråga Ali var beredd på
så han nickade och svarade att han hade hundra euro kvar.
Bra sade förhörsledaren vi kommer att köra er till den sy-
riska gränsen och se till att ni kommer in i Syrien sedan får
ni klara er själva. Men du får betala de hundra euron du har
för bussresan, det är inte meningen att turkiska folket skall
betala era bussresor. Ali gav honom pengarna som han
snabbt stoppade i fickan utan att ge honom något kvitto,
sedan ropade han till vakten som stod utanför dörren; "näs-
ta". Vakten förde honom nu till en annan call där det en-
dast satt två återvändare.

Förhören tog hela dagen med avbrott för lunch mitt på dagen då de fick någon typ av soppa med bröd till. Den natten sov Ali lite bättre de var bara tre i cellen och så fick de en madrass som de kunde sova på. Tidigt nästa morgon kom bussen som skulle föra dem vidare till syriska gränsen, det saknades en del från den tidigare resan och det hade tillkommit några nya men bussen var inte full. Ali misstänkte att det var de som inte kunde betala mutor som fick stanna kvar. Även denna buss var en gammal obekväm militärbuss och de var två militärer med som kontrollerade att ingen lämnade bussen under resans gång. Men det var skönt att kunna fortsätta resan och Ali började tro att han verkligen skulle kunna komma tillbaka till IS. Enligt chauffören var det ungefär etthundra tio mil att åka och de skulle passera Istanbul, de skulle resa två dagar. Det var ett bergigt land de körde genom och resan gick långsamt. Bara att passera Istanbul tog det flera timmar. De stannade en gång under dagen och åt i en militärkasern, denna gång var maten god och de åt glupskt. Sedan fortsatte resan och när det började mörkna stannade de några mil från Ankara. Där blev de inkvarterade på en militärförläggning, men de fick i alla fall var sin säng och en kopp kaffe på kvällen. Tidigt nästa morgon fortsatte resan, landskapet hade nu blivit planare och det var mycket odlingar längs vägen. Ali fick en uppfattning, att det var ett relativt rikt och välmående område. Under resans gång hade han hunnit bekanta sig med några resenärer. En av dem hette Aldo och han var på väg till Aleppo som han kom från. Han hade bott i Tyskland men nu verkade det som hans hemstad var på väg att befrias så han ville komma hem och se om hans familj och bostad var

kvar. De beslöt att göra sällskap för Ali hade planerat att
åka dit också och ansluta sig till IS, men det sade han inte
till Aldo. Det var också skönt att prata med någon han hade
levt isolerat så länge och Aldo, som var i hans egen ålder
var trevlig och skrattade ofta trots att han måste vara be-
kymrad över hur det var med hans föräldrar och syskon.

Kapitel 35

Det hade blivit höst och riksdagen skulle snart samlas efter sommaruppehållet. Detta år blåste det snåla vindar över Sverige. Undantagstillstånd rådde i många "utsatta områden" de få militärer Sverige förfogade över låg i beredskap för att ingripa vid upplopp som i Botkyrka. Alla moskéer hade nu dygnet runt bevakning. Kyrkorna var för många att bevaka så där förekom vandalisering. Rikspolischefen Dan Eliasson var tillbaka efter semestern, han sade sig vara utvilad och hade "laddat batterierna". Han var glad att polisen hade "löst sina uppgifter under sommaren". Det var ett påstående som var helt obegripligt. Brottsligheten i form av rån, misshandel, inbrott och våldtäkter hade eskalerat under sommaren. Så många äldre vågade sig inte ut efter mörkrets inbrott. Poliskåren var underbemannad på grund av att så många slutade och gränsbevakningen gjorde att poliserna fick arbeta långa perioder vid gränsstationer. Många hade sagt upp sig för de ansåg att deras arbetssituation var ohållbar. Det gav de kriminella fritt spelrum. Utöver detta rådde det nu fullt krig mellan MC gängen och muslimer. Även i fängelserna hade våldet ökat när de olika fraktionerna bekämpade varandra. Allt var naturligtvis inte Dans fel men man kan konstatera att vid kris krävs det en stark ledare, inte någon politiskt tillsatt nickedocka som fått jobbet för att han varit positiv till nedbantning av polisens resurser. Enda anledningen att han fortfarande satt kvar var att regeringen inte hade handlingskraft att sparka honom. För det gällde naturligtvis hela regeringen där varje myndighetschef tillsatte nyskapade tjänster med vänner och släktingar. Sverige är ett land där vänskapskorruptionen frodas och makteliten gynnar varandra samtidigt som de själva är ofelbara och ministrar anser sig ha rätt att köra bil fulla och behandla sitt tjänstekort som en löneförmån. Det gamla folkhemmet har väl aldrig varit mer avlägset än nu.

Vid den första arbetsdagen i riksdagen hade SD.s partiledare begärt ordet. När han kom upp i talarstolen tittade han ut över församlingen och sedan tog han till orda," jag tror att de flesta som kommit i dag har sett att det pågår en demonstration utanför riksdagshuset". Efter en paus fortsätter han: " På deras plakat står det vi kräver nyval" han låter orden sjunka in hos åhörarna. Sedan nickar han mot en vaktmästare som står vid dörren. Denna öppnar och en kollega kör in en skottkärra med pappersbuntar som han ställer framför talarstolen. Det blir ett sorl i publiken, är det en sprängladdning? Fotografer från Aftonpressen, som är den enda tidning som förvarnats, fotograferar för fullt. När sorlet tystnar tar partiordföranden till orda igen: "Detta, kära vänner, är namnlistor med två millioner namn som kräver nyval". Han fortsätter, jag har ofta fått frågan om vilka vi vill samarbeta med och jag har undvikit att svara. Men sanningen är att den situationen vi nu befinner oss i har skapats av höger och vänsterblocket. Vi vill alltså inte samarbeta med någon av dem. Enligt optionsmätningar som är utförda av opartiska utländska företag har vårat parti över 50% av

väljarnas stöd. Vi önskar inte att det skall bli nyval, <u>vi kräver
nyval</u>. Alla andra partiledare utom statsministern marke-
rade att de ville ha ordet. Att statsministern inte ville göra
ett inlägg berodde på att det var en för honom ny situation
och talskrivaren hade inte gett honom något manus. Visser-
ligen förstod han att han var den första som skulle åka ur ut
om det blev nyval, men tanken på att han ändå skulle få lön
lugnade honom. Dagen efter hade Aftonpressen en stor
bild av skottkärran och texten under stod det nyval.

När de etablerade partierna kommit över överraskningen
samlades de i en hemlig överläggning där naturligtvis inte
SD var inbjudna. För en gångs skull var alla partier eniga nu
fanns inga blockgränser, här gällde att rädda sitt eget skinn.
Centerns förslag att frysa ut SD fick de andra att dra på
munnen. Det verkade ologiskt att en minoritet skulle frysa
ut en majoritet. Slutligen enades de om att det enda de
kunde göra var att helt enkelt vägra nyval, så vitt de visste
fanns det ingen bindande lagstiftning som tvingade dem till
nyval även om namninsamlingen var påskriven av mer än
tjugo procent av befolkningen, en jurist skulle undersöka
det. Sedan skulle regeringen vänta till nästa val och hade
det inte blivit mer attentat skulle säkert SD inte få majori-
tet.

Således röstades SD,s motion ner av de övriga partierna,
men det var väntat så nu bröt det ut en kampanj mot den
sittande regeringen. Demonstranter samlades utanför med
plakat där det helt enkelt stod "Avgå", poliser kallades in
men de ingrep inte, deras skyddsombud stoppade insatsen
med motiveringen att det var för få poliser och för många

aggressiva demonstranter. Deras uppgift var att se till att de som gjorde insatsen inte blev skadade men det var bara ett svepskäl, i själva verket sympatiserade poliserna med demonstranterna. Det skulle visa sig att samma sak inträffade ofta i fortsättningen. De styrande som kände att marken började brännas under deras fötter kom plötsligt på att det måste till "hårdare tag" mot olagliga demonstranter och de ifrågasatte polisens lojalitet. Nu var det plötsligt inga problem med att sparka rikspolischefen Dan Eliasson. Och den nya polischefen blev Arvid Lindström som tidigare varit chef för ordningspolisen och en av Dans kritiker. Arvid var känd som en omutlig polis av gamla stammen med ett förflutet som underofficer. Han var också accepterad av de övriga poliserna och efter det att han övertagit rollen som rikspolischef upphörde maskningsaktionerna från personalen. Dan blev erbjuden arbete vid EU i Bryssel som samordnare så han fick högre lön än tidigare och på den nya posten gjorde han inte så stor skada.

På Kumlas fängelse utbröt ett upplopp som varade i flera timmar och där fångvårdspersonal togs som gisslan. Upploppet började i matsalen när en muslim blev misshandlad av en medlem i ett MC gäng. Och det utbröt slagsmål i matsalen mellan muslimer och svenska kriminella. Anledningen lär ha varit att muslimen hittat fläsk i kroppkakorna och börjat bråka med de anställda, som i sin tur skyddades av de svenska internerna. Avdelningen stängdes och poliser omringade matsalen, men problemet var att det var fångvårdpersonal kvar så det blev till slut en gisslansituation efter att förhandlingar strandat gick polisen in i matsalen efter att först ha skjutit in tårgas. Det blev många skadade men mirakulöst nog ingen dödad. Det var första gången polisen tillgrep "hårdare tag".

Kapitel 36

Efter ett uppehåll för att äta var bussen framme vid den syriska gränsen vid femtiden på eftermiddagen. Passagerarna fick sitta kvar medan papper granskades och listan med namn prickades av. En officer kom in i bussen och sade att vi kommer nu att köra er in på syriskt terrorister och släppa av er sedan får ni på egen hand ta er till era hemorter ni kommer inte att beviljas tillträde till Turkiet igen. Om ni behöver köpa proviant och vatten för den fortsatta resan finns det affärer i Syrien någon kilometer från gränsen. Med de orden lämnade han bussen och den startade och körde fram till de första bommarna vid gränsen. Dom öppnades genast och färden fortsatte in på syrisk mark där den stannade och alla passagerare fick gå av.

Det visade sig att det var ett flyktingläger de kommit till och de blev omringade av flyktingar som frågade dem om varför de kom tillbaka och vart det var bäst att åka. Ali och Aldo drog sig undan och gick runt i lägret och sökte efter någon plats att övernatta på. Till slut hittade de platser i ett Röda Halvmånens tält där det fanns madrasser på golvet så de beslöt att stanna över natten. Den natten sov Ali bra, han hade lyckats med sitt uppdrag och var nu tillbaka i sitt blivande hemland som han hoppades skulle heta Islamistiska Staten i fortsättningen. Visserligen gick det dåligt för IS just nu men han var säker på att krigslyckan skulle vända, de hade Allah på sin sida och hade den rätta tron. Avståndet till Aleppo var ungefär femton mil så det var för långt att gå.

Men det pågick fortfarande strider där så de antog att det
måste gå transporter dels med flyktingar och dels med för-
nödenheter till området, de skulle försöka komma med en
sådan transport. På morgonen gick de till Röda Halvmånens
tält och erbjöd sig att arbeta som volontärer vid nästa resa
till någon plats nära Aleppo. De fick reda på att transpor-
terna inte gick från detta läger utan ett som låg någon mil
söderut, men de kunde ringa och höra om det gick. Efter ett
samtal kom sjuksystern tillbaka och sade att det skulle gå
bra, det fanns alltid plats på lastbilarna när de körde mot
lägret nära Aleppo så om de gick till det lägret och hjälpte
till att lasta lastbilarna som skulle åka så skulle de få skjuts
till ett läger nära staden. Det var goda nyheter så de bör-
jade gå mot det hållet som basstationen låg och på vägen
passerade de byn där det fanns affärer så de kunde köpa
mat och proviant. Det var många fordon i rörelse, militära
transporter, flyktingar och hjälporganisationer samt många
som gick och drog olika typer av vagnar, de flesta var på väg
åt motsatt håll som Ali och Aldo. De försökte inte få lift för
de kände att de behövde röra sig efter att ha suttit i bussar
flera dagar. Det hade hunnit bli eftermiddag då de var fram-
me vid Röda Halvmånens basläger så de kontaktade genast
deras expedition och hänvisade till telefonsamtalet på mor-
gonen. Nästa transport mot Aleppo skulle gå i övermorgon
och de kunde komma på morgonen nästa dag och hjälpa till
med lastningen av lastbilarna som skulle åka, den natten
fick de sova under bar himmel. I skymningen satt Aldo och
Ali och åt av maten de köpt och Ali frågade vad Aldo skulle
göra om föräldrarna var borta och bostaden en ruin. Aldo
såg bekymrad ut och sade att han då skulle söka efter sina

släktingar, men vad skulle Ali själv göra i den situationen?
Ali ryckte på axlarna, sedan sade han med ett leende" gå
med i IS", Aldo skrattade, också och sade, då får du snart
träffa de 77 jungfrurna.

Efter en natts orolig sömn gick de till lastbilarna som stod
uppställda och började lasta förnödenheter som skulle till
den utsatta staden. Det var filtar, sängar, vatten, tält, provi-
ant och det var tre lastbilar som skulle åka så de arbetade
hela dagen med en paus att äta mitt på dagen. Ali fann att
det var trevliga människor som arbetade som volontärer,
många studerande och alla verkade vara idealister, sådana
människor var Ali inte van att undgås med. Det fanns inga
hjälpmedel som kranar eller skottkärror så arbetet var
tungt men på kvällen var alla bilar packade och personalen
sade att de kunde sova i bilarna under natten så skulle de
inte missa avresan som skulle ske tidigt på morgonen. Om
de sov där skulle de också förhindra stölder under natten,
något som var vanligt. En annan fördel var att när persona-
len gått kunde de utöka sitt matförråd något båda ansåg att
de gjort sig förtjänta av. De sov bra under natten. Några
stölder hade de inte märkt av och på morgonen i gryningen
blev de väckta av chaufförerna. De fick sitta i förarhytten
under transporten, den chaufför som Ali delade hytt med
berättade att det var tionde gången han åkte denna
sträcka. I början hade de varit tvungna att ha beväpnad
eskort för flera transporter hade blivit stoppade och rå-
nade. Men nu var vägarna säkrare så de fick ingen eskort.
Det var många fordon som var på väg mot Aleppo mest mi-
litära transporter och de blev ofta sittande i köer men ingen

verkade ha bråttom, man har antagligen inte det när man är på väg till fronten. Landskapet de färdades i var bergigt och de åkte förbi utbrända bilvrak som vittnade om att det varit strider längs vägen. Mitt på dagen stannade de på en bergsplatå och åt smörgåsar som de fått med sig. Efter en kort siesta fortsatte färden och när de närmade sig staden kunde de höra avlägset muller från kanoner och se brandrök i fjärran. De började också möta fler flyktingar som gick med vagnar där de hade sina ägodelar. Ali antog att det var människor som fått sina hem förvandlade till ruiner och inte hade någonstans att ta vägen. Chauffören sade att det mest handlade om att rensa staden från kvarvarande IS krigare. Staden var i det närmaste omringad så det var bara motståndsfickor kvar men ofta kämpade IS krigarna till sista man så i stället för att gå in i byggnader där det fanns IS krigare så sköt man sönder hela byggnaderna. Anledningen till att de sällan gav sig var att i detta krig togs inga fångar särskilt de kurdiska soldaterna som var kända för att behandla sina fångar på samma sätt som IS gjort tidigare, de skar halsen av dem. Det var dåliga nyheter för Ali men han tvivlade på vad chauffören sade han ville se med egna ögon vad som hände i Aleppo.

Sent på eftermiddagen var de så nära staden att de kunde se byggnader och känna brandröken och ljudet av strider hade ökat. Flyktingströmmen hade också ökat så nu var vägen ofta blockerad av flyktingar och sista kilometern gick i snigelfart. Slutligen såg de ett jättestort tältläger vid vägen och lastbilarna svängde in och parkerade vid några stora förrådsställt som bevakades av militärer och de kunde börja avlastningen. Det var fler nu så det gick betydligt snabbare än pålastningen gjorts. Ali kom överens med Aldo att han skulle följa med honom till hans hem nästa dag men han sade inte att anledningen egentligen var att han skulle försöka komma i kontakt med IS.

Kapitel 37

Det var mycket stort intresse från medias sida då rätte-
gången mot Ibrahim började. Först ville åklagaren ha för-
handlingarna inför lyckta dörrar av säkerhetsskäl, men det
ansågs vara av så stor betydelse att den blev offentlig men
med rigorös säkerhet. Den hölls i Flemingsberg för det an-
sågs att lokalerna där var enklare att bevaka än i någon an-
nan domstol. Ibrahims kändisadvokat, som hette Berlinski,
var glad för det för alla skådespelare vill ha en publik. När
rättegången började var det så mycket folk utanför doms-
tolsbyggnaden att polisbevakning måste sättas in. Alla som
blev insläppta i rättssalen blev grundligt visiterade, något
som också gällde journalister. När domaren öppnade för-
handlingarna började han med att påpeka att om ordnin-
gen i rättssalen äventyrades skulle han fortsätta förhand-
lingarna utan publik. Anledningen till att han sade det var
att det var många muslimer i publiken och han befarade att
det kunde bli bråk. Ibrahim var blek och verkade likgiltig när
han fördes in i rättssalen. Det var en attityd som han hade
under hela rättegången. Det enda tillfälle som han log var
när han såg någon i publiken som han kände. När domaren
läste upp åtalspunkterna som var mord på Dine och med-
verkan till allmän ödeläggelse och mord i Forsmark verkade
han oberörd och på frågan skyldig eller inte skyldig svarade
han kort "icke skyldig". Att han inte var åtalad för språng-
ningen på Centralstationen berodde på att han varit i Gö-
teborg när det inträffade. Åklagarens triumf kort då det
gällde Forsmark var fingeravtrycket som hittats i städfir-

mans bil som stämde med Ibrahims och DNA på Dinos rygg som också stämde med hans DNA. Berlinski gjorde en stor affär av att fingeravtrycket var rekonstruerat det innebar att det suddiga avtrycket körts med ett dataprogram som rensat bort alla "onödiga" punkter, på samma sätt som man kunde göra med gamla foton för att få dem tydligare. Metoden användes i England men hade inte tillämpats i Sverige tidigare. Försvarsadvokaten sade att det inte gick att åberopa som bevis för det fanns inga prejudicerande fall att hänvisa till. Men åklagaren hade en expert på fingeravtryck som vittne och han redogjorde för att metoden inte kunde resultera i att det restaurerade avtrycket kunde ge fel fingeravtryck. Det kunde möjligen förändra avtrycket så att det inte stämde med registrerade fingeravtryck men det aldrig kunde förändra avtrycken så att det svarade mot något registrerat avtryck. På frågan om hur stor chansen var att ett fel blivit begånget svarade han "den chansen är obefintlig". Det enda Berlinski lyckades få fram vid sitt förhör med vittnet var att metoden endast användes i England.

När Ibrahim fick frågan om hur han kunde förklara fingeravtryck och DNA på kläderna svarade han "det är ingen ide att svara på det, för ni tror ändå inte på mig för jag är muslim". Då det gällde DNA som tagits på Dinos kläder försökte försvarsadvokaten få det till att offrets kläder kommit i kontakt med Ibrahims i samband med provtagningen och blivit kontraminerade, men han kunde inte åberopa något vittne som stödde det osannolika påståendet. Då rättegången var slut fick Ibrahim frågan om han hade något att tillägga, han svarade då " jag anser inte att denna rättegång är laglig, det

finns ingen muslim i juryn, ni försöker bara straffa musli-
mer".

I väntan på domen fick Ibrahim sitta kvar i häktet, något
som tolkades som att det var en fällande dom att vänta.
Tidningarna spekulerade om Ibrahim skulle få straffet som
egentligen Ali skulle ha, allt tydde på att det var Ali som låg
bakom bombdåden och morden men när han kommit un-
dan fick Ibrahim ta smällen. Spänningen var stor när domen
skulle meddelas och det var mest journalister som fått plats
i rättssalen. När domaren kom in och läste upp juryns bes-
lut var det knäpptyst i lokalen. Ibrahim hade funnits skyldig
till mord i två fall och medverkan till attentatet i Forsmark.
Domaren påpekade också att en ovanlig hänsynslöshet
hade präglat dåden och att det därför inte fanns någon för-
mildrande omständighet. Straffet hade en enad jury bes-
tämt till livstids fängelse och straffet skulle omedelbart
verkställas och den åtalade skulle genast föras över till
fångvårdsanstalten Hall. När Ibrahim hörde domen tog han
till orda "som jag sagt förut har denna domstol ingen rätt
att döma mig, jag kommer att få upprättelse när musli-
merna tagit över makten, då är det ni som sitter på de an-
klagades bänk." Hans advokat försökte tysta honom, han
hade antagligen hoppats på att kunna överklaga domen.
Domaren tittade länge på Ibrahim och sade sedan; "under
mina tjugo år som domare har jag aldrig tidigare blivit ho-
tad i min egen rättssal", sedan tillade han; "för ut fången".

Nästa dag kunde man läsa på Kvällspressens löpsedel
"TERRORISTEN DÖMD TILL LIVSTID" och i en artikel talade
om att "man äntligen slutat dalta med terroristerna" och

att domen skulle visa att svenska folket fått nog av muslimskt övervåld i samhället.

*

Halls fängelsedirektör Björn Hallberg satt och läste ett brev han fått, sedan vände han sig mot sin sekreterare och sade det måste vara något fel. Enligt fångvårdsstyrelsen skall vi bereda plats för den där terroristen Ibrahim som skall sitta på livstid. Men efter upploppet på Kumla kom vi överens om att de muslimska fångarna skall vara på Kumla och de övriga här. Den där Ibrahim är antagligen Sveriges mest hatade muslim inte kan man ha honom bland interner som till stor del är MC gäng. Jag kan inte garantera att det inte händer honom något om han skall sitta här. Kan du skicka ett mail och bekräfta att det inte är något fel, sedan sparar vi detta brev, mailet och deras svar i Ibrahims mapp. Efter en stund kom sekreteraren med ett mail där fångvårdsstyrelsen bekräftade att han skulle sitta på Hall på grund av platsbrist på Kumla. Björn suckade och sade till sekreteraren, att vi har honom isolerad i början, och när den värsta stormen lagt sig flyttar vi över honom till Fenix avdelningen. Jag vill också att du informerar fångrådet att han kommer att sitta här.

Det var en vacker höstdag som Ibrahim anlände till Hall med en fångvårdstransport. Tanken slog honom, skulle det här bli hans hem de närmaste arton åren? Livstidsstraff fungerade så att de inte var tidsbegränsade, men efter en viss tid kunde det förvandlas till tidsbegränsat straff om fången skötte sig. En livstidsdömd fånge satt i genomsnitt i arton år i fängelse. Men det fanns exempel på fångar som suttit trettio år. I Ibrahims fall skulle inte fängelsevistelsen bli så lång.

Kapitel 38

När Ali vaknade på morgonen hade han träningsvärk, det hade varit tungt arbete de sista dagarna och det var han inte van vid. De blev bjudna på te av volontärerna och sedan började de gå mot Aldos hem. Nu var det inga problem att hitta för detta var Aldos hemtrakter. Han sade att det var ungefär en mil som de skulle vara tvungna att gå. Allt efter som de närmade sig den otydliga frontlinjen tilltog larmet från striderna och det var många ruiner längs vägen. De såg också fler soldater som var på väg till fronten eller från fronten. De verkade inte bry sig om civila som rotade i ruinerna efter mat och förnödenheter, det var också många civilister som gick mot lägret de kommit från. Aldo såg mer och mer bedrövad ut, att staden blivit så förstörd hade han inte räknat med och han blev mer och mer orolig för hur hans hem skulle se ut. Ali stoppade en soldat som kom från området där larmet från striderna hördes och frågade hur långt det var till frontlinjen. Soldaten skakade uppgivet på huvudet och sade att det inte finns någon front, men det förekom strider ungefär en kilometer åt det hållet sade han och pekade ut området. "Då ligger i alla fall inte mitt hem i stridszonen" sade Aldo och såg lättad ut. De fortsatte sin vandring men nu mer försiktigt för de visste inte vad de skulle möta i Aldos hem. Slutligen stannade Aldo framför en fastighet som såg relativt oskadad ut och sade; här är det. De gick försiktigt in på gården bakom huset och stannade för att se om det var någon rörelse i huset men det verkade helt dött. De passerade över gården och gick försiktigt fram till en dörr som ledde till trapphuset, den var öppen och de började gå försiktigt upp för trappan. De hörde nu röster från en lägenhet som de passerade, huset var i alla fall inte obebott. Slutligen stannade Aldo framför en dörr "det är här" viskade han och knackade lätt på dörren. Ingen reaktion de tittade på varandra och Ali ställde sig bredvid dörren och signalerade åt Aldo att göra lika dant. Sedan knackade han hårdare på dörren, en röst inifrån ropade "vem är det, jag är beväpnad och skjuter om ni försöker bryta er in". "Pappa" ropade Aldo, och dörren for upp och han kramade sin far och mor som också omfamnade honom. Det blev ett känslosamt möte, alla grät och omfamnade varandra och Ali kände sig smått generad och hade helst lämnat dem i fred. Men Aldo drog in honom i lägenheten och presenterade honom för sina föräldrar och en syster som också bodde hemma. De slog sig ner på en soffa i vardagsrummet och modern började tillreda en middag av den mat som de tagit från flyktinglägret. Fadern berättade att den ena sonen var i de syriska trupperna och de visste inte om han levde eller om han stupat. En annan son hade flytt strax efter att Aldo rest, för risken för tvångsvärvning i IS var stor, de hade inte hört av honom sedan han reste. Men de hade varit avskurna från yttervärlden ett halvår så de hoppades att han fortfarande levde. När maten var klar åt de under tystnad, det märktes att familjen hade ont om mat för alla åt glupskt så det var inte en smula kvar på faten när de var klara. När alla var mätta och belåtna berättade fadern om alla umbäranden under tiden IS regerat i staden. De hade tyranniserat befolkningen och tvångsvärvat ungdomarna.

Många hade också blivit avrättade om de ansågs represen-
tera det etablerade samhället eller var rika. Fadern tackade
Ali för att han "tagit hand om sonen" och undrade vad han
hade för planer. Han kunde gärna bo i deras lägenhet tills
det lugnade ner sig. Ali tackade för erbjudandet men han
skulle redan samma kväll gå till lägret och försöka få lift
med någon transport till byn han kom från, sade han. I
själva verket skulle han försöka ta sig över till IS redan
samma kväll men han räknade med att det skulle vara lät-
tare när det mörknade. Senare på eftermiddagen menade
Aldo att det kunde vara farligt att gå tillbaka i mörker för
risken att råka ut för rånare, kunde han inte sova över och
gå nästa dag? Ali tackade än en gång för gästfriheten och
packade sina få tillhörigheter i ryggsäcken sedan gav han
Aldo en snabb kram och lovade att höra av sig då kriget var
över. När han kom ut på gatan gick han först i riktning mot
lägret men när han var utom synhåll svängde han av och
började gå mot det hållet som soldaten tidigare pekat, där
striderna pågick. Det var fortfarande någon timme kvar tills
det blev mörkt och han tänkte gå så långt som möjligt så
han kom till det området där IS fanns. Sedan skulle han
göra själva övergången i skydd av mörkret. När han när-
made sig fronten lämnade han gatan och gick mycket för-
siktigt genom ruiner och bakgårdar. Fördelen han hade var
att de syriska trupperna var koncentrerade på att bevaka
det område som var framför dem, därför räknade Ali med
att han skulle upptäcka dem innan de såg honom. Om nå-
gon kom på honom i ruinerna kunde han alltid säga att han
sökte efter sina anhöriga. När det började skymma upp-

täckte han en patrull med soldater som låg bakom ett betongfundament och sköt sporadiskt mot ett kvarter framför dem. Han kunde inte se om elden var besvarad. Han lade sig i ett gömställe och drack vatten och åt en smörgås, som han fått med sig, i väntan på att det skulle mörkna helt. Hans plan var att han skulle runda skyttevärnet som var framför och säkert var ett av flera som låg som ett band längs fronten och smyga in i "fiendeland", sedan fick han improvisera. När det var helt mörkt gjorde han i ordning utrustningen så inget skramlade och började åla sig mot de riktmärken han tagit ut då det var ljust. Det gick mycket långsamt och han stannade hela tiden och lyssnade efter röster och ljud från soldaterna. När han krupit en timme räknade han med att vara i jämnhöjd med den eldställning han sett. Han låg orörlig och lyssnade och han kunde höra röster från det kända värnet men han hörde inget från andra sidan där det också borde finnas en eldställning. Han kröp åt det hållet tio meter i taget sedan väntade han och lyssnade. När han hade upprepat den manövern ett antal gånger kunde han slutligen höra ljud som pekade på att ytterligare ett värn var i närheten, han hade nu lokaliserat var de låg så nu kunde han koncentrera sig på själva övergången. Det hördes fortfarande skott och han antog att det var krypskyttar som sköt. Det irriterade honom att han inte visste om soldaterna hade mörkersikte. IS hade det inte, det visste han, så det var troligt att de som sköt hade det och det i sin tur talade för att åtminstone en del av de syriska soldaterna hade det. Det fanns två sätt att ta sig över gränslandet mellan fronterna. Dels kunde han försöka åla men då var han chanslös om de hade mörkersikte, eller så kunde han försöka göra en rusning, då skulle det vara svårt att träffa även om de hade mörkersikte. Sträckan han måste springa var ungefär sjuttiofem meter innan han kunde komma i skydd på andra sidan. Han beslöt sig för att chansa på det senare alternativet.

Kapitel 39

År 2004 hade dåvarande justitieminister beslutat att det skulle byggas rymningssäkra avdelningar i tre olika fängelser och Hall var ett av dem. Man kan säga att det blev ett fängelse i fängelset och avdelningen döptes till Fenix. Anledningen var att det varit så många rymningar att justitieministern riskerade att få sparken. Den rymningssäkra delen låg som en egen byggnad, endast ansluten till övriga byggnader via en lång gång. De fångar som satt där hade aldrig någon kontakt med övriga fångar och de lämnade normalt aldrig byggnaden. Men det innebar inte att fångarna satt isolerade, det gör inga fångar i den svenska fångvården. Det var endast vid bestraffningar som fångarna en tid kunde sitta i isoleringscell. Fångarna var inlåsta i sina celler från 20:00 till 08:00, sedan fick de röra sig fritt i det gemensamma utrymmet samt ett arbetsrum där enklare montagearbete kunde utföras och de hade till och med tillgång till en egen träningslokal och ett duschutrymme där det också fanns bastu och ett badkar. I varje block fanns sex fångar som alltså kunde umgås med varandra på dagarna. De hade inte tillgång till datorer eller mobiltelefoner, undantag kunde göras om de studerade men då fick de använda fängelsets dator och de fick inte ha den i cellen under natten. Cellerna liknade mer vanliga rum än fängelseceller, en säng ett skrivbord med en stol och en väggfast TV. Det enda som skilde cellen från ett vanligt rum var att det också fanns toalett på rummet. Maten serverades i det gemensamma utrymmet. I det lag som Ibrahim hamnade i fanns ingen annan muslim, detta för att det inte skulle bli någon gruppbildning. Det låg i sakens natur att alla var tungt kriminella och rymningsbenägna. Av de fem som satt där var det bara en som var svensk de andra kom från forna Jugoslaven, Ryssland och Polen. Äldst var jugoslaven som också blivit en informell ledare, han satt inne för mord och mordförsök och var fyrtiofem år. Tvåa i rangordningen var svensken som också varit inblandad i ett MC relaterat mord. Ryssen satt på den avdelningen för att han rymt två gånger och polackerna hade sysslat med utpressning och grov stöld.

När Ibrahim kom blev han inte precis mottagen med öppna armar, snarare likgiltighet. Den första frågan han fick när vakten gått var; "vad är du oskyldigt dömd för", de andra drog på munnen. När Ibrahim förklarade vad han dömts för var det ingen som log, terroristbrott ger ingen hög status på fängelse. "Är du en sådan där IS krigare som skär halsen av folk" undrade MC svensken. "Om du är IS krigare skall du vara i Syrien och kriga, inte här" sade jugoslaven, Ibrahim svarade inte. Tanken med Fenix var att fångarna inte skulle ha någon kontakt med övriga fångar. Men det fungerade naturligtvis inte, bokvagnen som åkte runt i hela fängelset kom i början inte till Fenix. Men då klagade fångrådet att det blev en diskriminering av fångarna som satt där, så slutligen fick bokvagnen också åka till den avdelningen. Nu kunde fångarna på den öppna avdelningen lägga meddelanden i böcker, sedan när bokvagnen kom till Fenix säger fången som körde vagnen "det är en bra bok" till den intern som meddelandet var skrivet till. Internen lånade då boken och fick meddelandet och han kunde svara på samma sätt.

Ibrahim märkte snabbt att han inte skulle bli "en i gänget" det var inte så att de trakasserade honom öppet utan de låtsades inte om att han var där. Skulle de spela kort var det ingen som frågade honom om han ville vara med. Det enda vettiga han kunde komma på var att träna, det gjorde att han kunde sova på nätterna och under korta stunder glömma den situation han befann sig i. När han tränat hårt brukade han i stället för att duscha fylla badkaret med varmt vatten och ligga och slappna i det innan han gick till cellen.

När Ibrahim suttit ungefär en månad kom jugoslaven, som hette Bronko, in i MC svenskens cell och undrade om han hade tid att prata en stund. Denne nickade och Bronko satte sig på sängen och tände en cigarett som han också bjöd svensken på. "Det finns ett kontrakt på araben" sade han. "Det är bara vi som kan fixa det" kan du tänka dig att ställa upp? Svensken drog ett djupt bloss på cigaretten och sade; "det beror på". Hur mycket får vi i så fall? Hur vet vi att vi överhuvudtaget får några stålar och hur skall vi fixa honom utan att torska? Bronko log och sade; du ställer de rätta frågorna. Hittills har ingen fixat någon som suttit på Fenix, så vi skall ha bra betalt om vi skall göra det. Jag tror att vi kan begära etthundrafemtio tusen var, men jag vet inte om de accepterar det priset men gör dom det inte så får det vara. Om dom accepterar priset får dom betala till min brorsa som inte lurar oss, och de får betala en del i förskott. Sedan är det den svåraste delen <u>hur</u> ska vi fixa honom, jag har tänkt att man kan göra så här sade Bronko, och beskrev hur det skulle gå till. Svensken log och nickade och sade "det är Ok du kan räkna med mig". Bronko och han skakade hand och Bronko sade att det kommer att ta ett tag innan det är klart, bokvagnen går bara två gånger i veckan. Men jag återkommer när jag får klartecken. "Skall de andra vara med" undrade svensken. Bronko skakade på huvudet, "jag litar inte på dom" sade han. Det gick två veckor utan att det hände något och MC svensken började tro att det runnit ut i sanden. Men så dök Bronko upp och ville prata med honom. De satte sig i Bronkos cell den här gången och Bronko log och sade: "Det är på gång så fort brorsan fått in förskottet på sitt konto, jag har begärt femtio tusen var i förskott, när pengarna är där kör vi." Sedan får du fixa ett konto så för han över stålarna, men vi skall börja förbereda redan nu". Svensken undrade vem som lagt ut kontraktet och om man kunde lita på att de skulle betala när jobbet var klart. Vem det är struntar jag i, sade Bronko, men desto mindre vi vet ju bättre är det. Du känner min bror, om han säger att dom betalar, då gör dom det.

Förberedelserna bestod i att de också började träna regelbundet på eftermiddagarna när Ibrahim tränade. De var de enda som tränade så de behövde inte vara rädda får att bli störda. Det hade varit övervakningskamera som täckte alla gemensamma utrymmen på avdelningen men fångrådet hade protesterat mot att det skulle vara kamera i tvätt och duschrum, där också toaletter var belägna. Ledningen hade då sagt att de skulle stänga av kameran i duschrummet men kameran satt kvar och ingen visste egentligen om den gick

eller inte. För att kontrollera det kletade Bronko lite dusch-
gelé på linsen för att se om någon reagerade, men inget
hände på en vecka så de antog att det var sant som vak-
terna sagt, den var avstängd. Några dagar senare sade
Bronko; "pengarna är på plats, nu kör vi."

Kapitel 40

När Ali väl bestämt sig för att springa över ingenmanslandet började han undersöka var han skulle springa. Det fanns en ruin av sten med fönster som det borde gå lätt att ta sig in i men då måste han stanna till och då skulle han säkert bli skjuten. Men några meter framför husruinen såg det ut som det låg en vall av tegel som han skulle kunna gömma sig bakom utan att komma i skottlinjen från något av värnen. Han spände fast ryggsäcken och gjorde några armhävningar för att få fart på blodcirkulationen. Sedan tog han ett djupt andetag och sprang. Han sprang i sicksack och de första femtio metrarna gick det bra men sedan hörde han första skottet och det dammade till framför honom, men nu var han framme vid tegelhögen så han kunde kasta sig ner i skydd. Han kände att hjärtat dunkade och han flämtade efter luft, ytterligare skott hördes men nu dammade det bara i tegelhögen, han låg i säkerhet. Denna situation hade han erfarenhet av sedan han deltog i kriget, nu var det frågan om tålamod. Den första halvtimmen skulle angriparna vara fokuserade på om han försökte springa den sista biten. Sedan skulle koncentrationen minska, hade de träffat honom? De skulle tro det efter en timme. Ali väntade två timmar sedan sprang han sista biten och kastade sig in genom fönsterluckan. En skur av skott avlossades, men då var han i säkerhet. Han låg på golvet och först nu kunde han pusta ut, han hade klarat det. Men än var han inte i säkerhet risken att bli skjuten av IS krigarna var stor. Han beslöt att stanna kvar där han var för att se om någon av dem skulle komma för att se vad som pågick. Han lade sig i ett hörn så de inte skulle kunna skjuta honom utan att gå in i rummet. Sedan låg han tyst och lyssnade efter röster eller ljud som skvallrade om att någon närmade sig. Det tog ungefär en halvtimme innan han hörde ett ljud av försiktiga fotsteg och viskningar. Ali kupade händerna och sade med låg röst "Allah är stor, jag är IS krigare, skjut inte." Stegen tystnade och inget hände och Ali upprepade budskapet. Efter ytterligare en stund då han kunde höra viskningar sade de slutligen; "kom ut med händerna över huvudet och utan vapen". Han svarade att han inte kunde resa sig för de kunde skjuta in genom fönstret, de hade mörkersikte. Ytterligare viskningar sedan sade samma röst; "kryp långsamt genom dörren med händerna synliga". När han kommit genom dörren kände han en gevärspipa i nacken och han fick order att ligga stilla. De undersökte hans ryggsäck och visiterade honom. Sedan fick han en massa frågor, var kom han från? Vad gjorde han här obeväpnad? Ali svarade kort på frågorna och begärde att få tala med något befäl. De band hans händer med spännband och började gå samma väg som de kommit, det var inte lätt för Ali att gå genom ruinerna med armarna bakbundna, så till slut sade han "ta bort de förbannade spännbanden" men de knuffade honom bara vidare. När de gått ungefär tjugo minuter fördes han ner i en källare på ett hus som såg oskadat ut. De gick i en mörk gång som slutade med en dörr, i rummet innanför lyste en fotogenlampa och några män satt runt ett bord med kartor utlagda. När de kom in knuffade de fram honom i ljusskenet och berättade hur de hittat honom. En av männen vid bordet reste sig och sade "Ali" och kom fram och omfamnade honom. Det var en av ledarna han haft under den tiden han deltog i kriget. "Du skall veta att du är en legend i IS. Du reste ensam till Sverige och tvingade dem att dra sig ur kriget, inte nog med det, du är tillbaka trots att du antagligen är den mest eftersökta muslimen i världen". Nu kom alla fram till honom och bugade och omfamnade honom. De som gripit honom fick en utskällning för att de bundit hans händer. Ali fick berätta om sin resa och hur han lyckades ta sig tillbaka till Syrien. Slutligen sade ledaren att: "Du är säkert trött så du kan lägga dig och vila, sedan skall vi tala om din framtid". Ali nickade tacksamt och de visade honom på en säng och han somnade så fort han lade huvudet på kudden.

När han vaknade var det redan mitt på dagen och han kunde höra skottsalvor och han förstod att kriget rasade för fullt. Det fanns en kantin med soppa som han åt och sedan tog han en kopp te och gick in i rummet som tydligen var ledningscentral. Alla nickade respektfullt när han kom in och han satte sig vid kartbordet och de visade var deras styrkor var och vad fienden antogs vara. När de var klara sade ledaren. Som du ser är vi på väg att förlora staden, vi har inte mer än ungefär tvåhundrafemtio man kvar och vi räknar med att evakuera de flesta inom några dagar och bara lämna kvar några krypskyttar. Vi kommer att omgruppera och lägga den nya frontlinjen här, sade han och markerade med handen. I samband med den omgrupperingen kommer du att få leda en större enhet och svara för försvaret av något område, vilket vet vi inte än. Ali ställde några frågor om tillgång på ammunition och fordon och han insåg att IS var trängda och att det inte skulle bli lätt att vända utvecklingen av kriget.

IS hade beslutat att lämna Aleppo och dra samman trupperna de förfogade över i staden Ar-Raqqa. Avståndet dit var ungefär tjugo mil och förflyttningen skulle göras under natten. De förfogade över ett tjugotal fordon, en blandning av lastbilar, skåpbilar och pickupper. Ali var med och organiserade förflyttningen och de bestämdes att bilarna inte skulle åka i kolonn utan en och en och återsamlas i Ar-Raqqa. På så sätt skulle de försvåra anfall med drönare och färre skulle bli utslagna. De lämnade också kvar ett tiotal prickskyttar som fick den ammunition som de hade kvar, deras uppgift var att uppehålla de anfallande så att huvudstyrkan kunde dra sig tillbaka. De som lämnades kvar var i praktiken dödsdömda men det var unga ogifta män som ville dö hjältedöden och hamna i paradiset. Förflyttningen började så fort det mörknat och bilarna startade med tio minuters mellanrum och åkte i början olika vägar mot samlingspunkten. Ali satt i en lastbil som var lastad med material och ett tiotal soldater. De kunde inte köra fort för alla lampor på lastbilen var släckta, de som satt på flaket hade till uppgift att lyssna efter drönare och varna chauffören om de hörde något misstänkt. De körde hela tiden i mörker för el var sedan läng utslaget och de enda ljuspunkter de såg var öppna eldar som antagligen flyktingar värmde sig vid. När han lämnade staden hördes skottlossning och han antog att det var krypskyttarna som sköt och anfallarna som besvarade. De första timmarna var de lugnt men sedan såg de ett ljussken och hörde en explosion, de antog att det var en av deras bilar som blivit träffad. De lämnade bilen en stund men det verkade som drönaren inte upptäckt dem så de kunde fortsätta. När de kom fram till vraket var alla döda och bilen var totalt förstörd. De fortsatte färden under tystnad och i gryningen körde de in i Ar-Raqqa och kunde andas ut, under färden hade de förlorat två bilar men det kunde ha varit värre.

Kapitel 41

Det hade gått två dagar utan att Bronko och hans kumpan kommit till skott. Första dagen hade Ibrahim frångått sin vana att fylla badkaret med vatten när han tränat klart. Andra dagen hade polacken kommit in i duschrummet när de skulle skrida till verket. Men tredje dagen verkade det som det skulle fungera. Ibrahim hade tränat klart och lagt sig i badkaret. Även Bronko och MC svensken hade tränat klart och duschat. När de duschat klart nickade Bronko mot dörren och svensken ställde sig där för att ingen skulle komma in. Bronko log mot Ibrahim och sade det ser skönt ut, "hur varmt är vattnet?" Han gick fram till badkaret som för att känna på vattnet men i stället grep han om huvudet på Ibrahim och slog det mot badkarskanten så hårt han kunde. Ibrahim hann inte reagera utan slogs medvetslös och Bronko tryckte ner honom under vattnet. Reflexmässigt sparkade Ibrahim med benen men Bronko höll honom med ett fast grepp under vattnet till han slutade röra sig. Svensken kom fram och hjälpte till att hålla honom under vattnet ytterligare någon minut. Båda gick sedan till sina celler inlindade i handdukar för att byta om. När de bytt om, slog de på Tv:n och tänt en cigarrett. Plötsligt hördes ett skrik från duschrummet; "araben är död" det var polacken som skrek. Alla rusade till duschrummet och mycket riktigt Ibra-

him låg död i badkaret." Vakter hit" skrek Bronko mot över-
vakningskameran i det allmänna utrymmet och det tog bara
någon minut innan vakterna kom rusande. Alla fångarna
låstes in i sina celler och poliser och en läkare kom men de
kunde bara konstatera att Ibrahim var död. Fångarna fick
sitta inlåsta flera dagar medan en polisutredning pågick.

"TERRORISTEN ÄR DÖD UNDER MYSTISKA OMSTÄNDLIG-
HETER" stod det på löpsedeln nästa dag. Det slog ner som
en bomb. Landets mest bevakade fånge dog när han låg i
badkaret och en mediastorm ifrågasatte fångvård, polisen
och politikerna. Den sittande regeringen som redan var hårt
trängda av krav på nyval måste på något vis visa handlings-
kraft. Den första åtgärden var att sparka fängelsedirektören
på Hall, det räckte inte med att han kunde visa skriftligt att
han ifrågasatt placeringen av Ibrahim där. Den nya polis-
chefen sade att de skulle; "vända varje sten" för att finna
den skyldige om ett brott blivit begånget. De fem fångarna
var de enda som kunde vara inblandade så de förhördes
flera gånger men alla var förhärdade brottslingar, så de fick
inte ut något av förhören. De sista som sett Ibrahim i livet
var Bronko och MC svensken så misstankarna riktades mot
dem i första hand. Den tekniska undersökningen och ob-
duktionen gav egentligen inget mer än man kunde förvänta
sig. Huvudskada i bakhuvudet som framkallat medvetslös-
het sedan drunkning, inget tecken på strid. Det kan verka
underligt att en vältränad man i sina bästa år ramlar i bad-
karet och drunknar, men det var en annan sak som talade
för den teorin. Ibrahim hade en dokumenterad skada i ena
benet, kunde det vara orsaken till att han föll så illa? De

skyldiga höll en låg profil och Bronko gratulerade sig själv
till att det var han som kallat på vakterna, något som talade
till hans fördel. Hur polisen än "vände på stenar" kunde de
inte finna något som band Bronko och hans kumpan till den
så kallade olyckan. Den enda som kunde ha ett motiv var
MC svensken. Det var krig mellan muslimer och MC krimi-
nella. Men svensken hade varit inlåst långt innan det kriget
bröt ut, så det verkade inte vara ett troligt motiv.

I ett extrainsatt TV program debatterade alla partiledare
om vad som var fel i svenska fängelser och hur den mest
bevakade fången i Sverige kanske blivit mördad. Statsmi-
nistern hade ett långt utlägg som i princip gick ut på att det
inte var klarlagt om det var mord eller en olycka. Ett av sp-
råkrören hade en teori om att det var för många som fick
fängelsestraff, i stället skulle alla fångar ha fotboja och av-
tjäna sitt straff i hemmet. Förslaget var så dumt att ingen
ides kommentera det utom den kvinnliga partiledaren för
centerpartiet som såg imponerad ut och utbrast "då skulle
alla problem med fängelserna vara lösta!" Slutligen gick or-
det till sverigedemokraternas partiledare. Han sade; "Jag
har lyssnat till debatten och det har inte kommit ett enda
konkret förslag, det blir så med en handlingsförlamad rege-
ring." Sedan fortsatte han; " en svensk fånge kostar 621
euro/dag, snittkostnaden i Europa är 103 euro/dag, en
fånge i Sverige kostar alltså sex gånger så mycket som i öv-
riga Europa. Om vi får majoritet efter valet kommer vi att
lägga ut fångvården på entreprenad där alla länder har rätt
att lämna offerter. Han höjer handen och säger; "jag vet ni
säger att det inte går att lägga ut fångvård på entreprenad,

då skulle fångarna kunna fara illa, men skolor, äldreboende, sjukvård går att lägga ut på entreprenad. Vi är alltså mindre rädda för att barnen skall fara illa än att fångarna skall göra det. " Nu ville alla ha ordet men han fortsatte." Faktum är att det finns länder i Europa som använder den metoden för att få ner kostnaderna. Belgien låter en del av sina fångar avtjäna sitt straff i Nederländerna. Vi skall tänka på att en livstidsdömd fånge i genomsnitt kostar skattebetalarna ungefär trettionio miljoner kronor." Alla de andra partiledarna tog avstånd från förslaget, någon kallade det omänskligt. Men i tidningarna dagen efter var det ett intressant förslag och Aftonpressen hade en löpsedel med:"FÅNGVÅRD PÅ ENTREPRENAD?".

Några veckor senare satt Björn Vinblad och nya rikspolischefen Arvid Lindström och drack kaffe i kafeterian i polishuset, de var bekanta sedan länge. Arvid frågade vad Björn ansåg om olyckan eller mordet på Ibrahim. Björn funderade en stund, sedan sade han;" för det första tror jag inte på en olycka jag är säker på att Ibrahim blev mördad av Bronko och den där MC ligisten. Men vi har inte bevis som kan leda till åtal. En tjallare har berättat att det cirkulerat rykte på Hall att det fanns ett kontrakt på Ibrahim. En annan omständighet var att det sitter en övervakningskamera i duschrummet men den är inte påslagen. Mördarna var inte säkra på det så de har kladdat duschgelé på linsen, antagligen för att kontrollera om den var i drift"." Vad skulle motivet vara?" Undrade Arvid. Björn nickade, det är det som är den stora frågan. Juggarna har inget otalt med muslimerna, det har visserligen MC gänget men de är inte så organise-

rade att de skulle klara en sådan här sak, men juggarna job-
bar bara för pengar. Min teori är att någon kontaktat Bron-
kos bror, som är en lika stor skurk som Bronko, och erbjudit
pengar för att ta Ibrahim av daga. Brodern har i sin tur kon-
taktat Bronko och tagit hand om pengarna. Så vem skulle
beställaren vara? Undrade rikspolischefen. Björn drack upp
det sista kaffet och sade;" någon som har ekonomiska re-
surser, hatar terrorister, har mördat terrorister förut". "Det
låter som om du pratade om Israels säkerhetspolis Mossad"
sade Arvid, men varför skulle de vilja mörda en terrorist
som kommer att sitta inlåst tjugo år? Björn log och sade;
"fängelserna är rekryteringsplats för terrorister och Ibrahim
skulle vara idol för alla muslimska terrorister de närmaste
tjugo åren. Jag tror att det är vad Mossad vill förhindra."

Kapitel 42

Raqqa har kallats islamistiska statens huvudstad och det var nu den enda större stad som fortfarande hölls av IS. Aleppo hade fallit och de anfallande styrkorna slog en järnring runt staden. I norr var det kurdiska YPG-gerillan som var understödda av USA och från söder kom Assadaregimens trupper understödda av Ryssland och Iran. Raqqa var IS sista fäste och det var här det slutliga slaget skulle stå.

Ali hade nu varit där en månad och var nu en av ledarna som ledde striderna. Hans avsnitt var den norra delen av staden och det innebar att det var kurder som var hans fiender. Till sitt förfogande hade han ungefär två hundra man, men stridsmoralen var låg. Det som hindrade mannarna att desertera var att om de blev tillfångatagna skulle de avrättas utan rättegång. Kurderna var kända för att inte ta några fångar. De sade att de behandlade tillfångatagna IS män på samma sätt som IS krigarna behandlade tillfångatagna kurder. Ali var visserligen ledare nu men det var brist på sprängutbildade soldater så han tog på sig uppgiften att utbilda nya och förbereda försåtsmineringar där fienden väntades rycka fram. Han hade insett att kriget var förlorat men han tänkte stanna kvar av den enkla anledningen att det inte fanns plats för honom utanför IS. Han skulle kanske kunna fly med en grupp IS anhängare och fortsätta någon form av gerillaverksamhet men förr eller senare skulle han gripas och troligen avrättas, då ville han hellre dö i strid och komma till paradiset. Slutstriden skulle bli långvarig för här hade IS både ammunition och proviant, det som saknades var tyngre vapen som artilleri och stridsvagnar. Som tur var hade inte kurderna stridsvagnar men de hade mörkersikte och artilleri som de fått av USA. Särskilt mörkersiktena var ett ständigt problem för IS krigarna. Varje natt dödades någon av kurdiska krypskyttar. Men än hade inte angriparna påbörjat det slutgiltiga anfallet mot staden, de hörde hur stridsvagnar körde fram på stadens södra sidor och anfall av bombplan och drönare blev allt vanligare. Det var inte många civilister kvar, de flesta hade flytt så det var en öde stad som fick fler och fler ruiner efter bombanfallen. Det fanns ett hus ruin som låg i ingenmansland som Ali antog skulle bli en anhalt för kurderna, då de rykte fram. Därför beslöt han att placera sprängmedel gömt i källaren och sedan utlösa den då kurderna rykte fram och intog ruinen. Ali och en medhjälpare smög försiktigt fram till ruinen i gryningen och började montera sprängmedlet så det skulle göra mest skada. Arbetet tog några timmar för de var tvungna att dölja laddningarna med tegel och byggmaterial från det raserade huset. Sedan skulle de dra en tunn elledning till den plats de skulle var på när det väntade anfallet började. Det var bara elledningen som återstod när helvetet brakade loss. Kurderna började beskjuta området med sitt artilleri och Ali och hans medhjälpare var fångna och kunde inte ta sig tillbaka till den egna linjen. Antagligen trodde anfallarna att det var ett IS värn som Ali var i för de besköt husruinen intensivt. Ali och hans medhjälpare låg

och tryckte i den delen av källaren som verkade minst rase-
rad, luften fylldes med damm och byggmaterial föll ner runt
dem. En krevad alldeles i närheten fick det att slå lock i öro-
nen på Ali och han kunde inte se något för allt damm i luf-
ten. Han grep tag i sin kompanjon för att se om han klarat
sig men han fick inget svar när han ropade hans namn och
handen blev kladdig av blod, och han visade inga livstecken.
Ytterligare en krevad, nu alldeles ovanför honom och tryck-
vågen fick honom att tappa andan och han hörde ett brak
när en del av bjälklaget gav vika och störtade ner över ho-
nom och allt blev svart.

När han vaknade var det alldeles tyst, han trodde att han
tappat hörseln men efter en stund kunde han svagt höra
röster och uppfatta skottsalvor av handeldvapen. Han bör-
jade röra sig försiktigt och märkte att han kunde röra båda
armarna. Benen satt fast men genom att sparka och vrida
dem fick han dem också fria. Genom springor syntes det
ljus och han märkte att den del av bjälklaget som rasat in
hade hamnat bredvid honom. Han var täckt med byggbråte
som mest bestod av trä och lättbetong. Plötsligt hörde han
en röst; "här är en som jag tror lever". Bråten som låg över
honom lyftes åt sidan och Ali blev bländad av ljuset. Samma
röst sade; "skall jag skjuta honom". En annan röst svarade;
"nej vi skall förhöra honom först, bind honom så kör vi ho-
nom till lägret sedan". Ali rycktes bryskt upp av två kurdiska
soldater och hans händer och fötter bands på med spänn-
band. "Kan jag få vatten" kraxade Ali som var fruktansvärt
törstig. En av soldaterna tog fram en vattenflaska och tog

en djup klunk och lade tillbaka flaskan i packningen med or-
den; "du behöver inget vatten ditt svin". Ali hade ingen
uppfattning om hur länge han låg bunden bara att han plå-
gades av törst och hade en sprängande huvudvärk. Strids-
larmet i närheten verkad ha avtagit så Ali antog att de kur-
diska styrkorna hade gått in i staden och han hörde fortfa-
rande skottsalvor men nu var de mer avlägsna. I skym-
ningen kom två soldater och ryckte upp honom och skar av
bandet runt fötterna, först hade han svårt att stå men när
han tagit några stapplande steg började benen fungera så
han kunde gå ut till en väntande mindre lastbil där han kas-
tades upp på flaket och en soldat, satte sig bredvid och
skrek till chaufförer;" kör till baslägret". Vägen var gropig
och för Ali, som låg framstupa utan möjlighet att ta stöd
med händerna, blev det en plågsam resa. Som tur var tog
transporten bara en halvtimme. Lastbilen stannade vid nå-
got som såg ut som en bondgård, soldaten på flaket pra-
tade med någon som antagligen var befäl sedan kom ytter-
ligare en soldat och de drog ner honom från flaket och
knuffade honom mot en jordkällare som låg bredvid bo-
ningshuset. "Jag måste ha vatten" sade Ali men ingen ver-
kade bry sig. De satte spännband på fötterna igen och han
knuffades in i jordkällaren och dörren stängdes. Det var
springor i dörren så ett svagt ljus silade in och när ögonen
vant sig vid mörkret kunde han urskilja att källaren var un-
gefär två gånger fyra meter med trampat jordgolv och tak-
höjden var ungefär två meter. Det var en del hyllor vid den
ena väggen men i övrigt var det tomt. Plötsligt öppnades
dörren igen och en soldat kom in med en flaska vatten och
Ali drack girigt till flaskan var tom. Soldaten flinade och

sade;" du får inte dö av törst för vi skall förhöra och tortera dig innan du avrättas." Sedan låstes dörren och han hörde stegen av soldaten avlägsna sig. Han hasade sig fram till dörren och försökte kika ut genom en springa men det var inte mycket han såg. Mörkret kommer snabbt på dom här breddgraderna.

Kapitel 43

Ali sov inte mycket den natten, plastbanden som händer och fötter var bundna med trängde in i huden och de var omöjligt att hitta något bekvämt sätt att ligga på. Han försökte få bort plastbanden genom att gnida dem mot en hylla men det resulterade bara i att han fick mer sår på handlederna. Kylan, törsten och hungern bidrog också till att det var svårt att somna. Det var troligt att detta var hans sista natt så han grubblade på hur han skulle göra nästa dag då han skulle förhöras och antagligen avrättas.

Vid åttatiden öppnades dörren och två vakter kom och skar av fotbanden och reste honom upp och knuffade honom i riktning mot boningshuset, ingen sade något. Han fördes in i ett rum som tydligen var någon form av sambandscentral. Mitt på golvet var två bord ställda bredvid varandra så att de bildade ett stort bord med stolar runt. Bordet var täckt med kartor och det var förutom de två soldaterna ytterligare två man i rummet, en som tydligen var officerare och var i Alis ålder. Den andra var äldre och hade inga gradbeteckningar och Ali misstänkte att det var han som var experten som skötte tortyren. Han liknade en slaktare, och såg grym ut. Hela hans uppträdande utstrålade brist på empati. "Ok nu finns det två sätt att lösa det här på, antingen pekar du ut vad alla IS värn är och vi låter dig leva, eller så vägrar du och vi kommer att tortera dig tills vi får de uppgifter vi vill ha och sedan skjuter vi dig." sade officeren. "Jag kommer inte att säga något för ni kommer under alla omständigheter att mörda mig" svarade Ali. Det resulterade i en skur av batongslag från slaktartypen. Slagen var riktade mot rygg och njurar och smärtan fick Ali att skrika. Det märktes att "experten" visste var han skulle slå för att ge maximal smärta. Men Ali vägrade att prata och det framkallade i en ny skur av slag, Ali kurade hop sig och han kände att han inte skulle klara mycket mer. "Jag är svensk medborgare" skrek han. Officeren höjde handen och stoppade "experten", vad fan säger han undrade han." Jag är svensk medborgare och vill prata med svenska ambassadören", sade Ali. Vad heter du undrade officeren och gick och hämtade en mapp med epostmeddelande. Ali uppgav sitt rätta namn och efter en stunds letande tog officeren fram en efterlysning med bild på Ali. Han höll bilden bredvid Alis ansikte och skrattade." Vi har gjort en storfångst sade han, det här aset är efterlyst i hela Europa för två attentat i Sverige. Han är IS nya omslagspojke och säkert en av ledarna." Jag måste prata med mina chefer vad vi skall göra med honom, lås in honom igen. "Jag fodrar att som svensk medborgare få tala med ambassadören" skrek Ali när de förde bort honom. Än en gång kastades han in i jordkällaren som stank av avföring och urin för han hade ingen toalett och han hade fortfarande händer och fötter bundna. En av vakterna kom med en ny flaska vatten sedan låstes dörren igen. Ali låg i ett hörn halvt i dvala, värken i kroppen var outhärdlig och han trodde att några revben var knäckta för det gjorde ont när han andades. På eftermiddagen kom

vakterna med en talrik soppa och vatten, de fick mata ho-
nom med en sked och han åt glupskt för han hade inte fått
någon mat på två dygn. "Chefen vill att du skall vara pigg i
morgon för de har en överraskning åt dig" sade vakten med
ett elakt flin.

När vakten gått kikade Ali ut genom springan i dörren och
såg att det nu stod en vakt utanför jordkällaren, han hade
tydligen blivit en viktig fånge. En ny mardrömsnatt när han
frös så han skakade, han hade antagligen fått feber av miss-
handeln han blivit utsatt för. På morgonen kom vakterna
och hämtade honom och förde honom bakom boningshu-
set, där det hängde en vattenslang, och spolade honom ren
med iskallt vatten. Ali frös så han skakade och förstod inte
varför det var så viktigt att han var ren, men det skulle han
snart förstå. Då det var klart fördes han in i samma rum
som han varit dagen innan. Nu var det ett tiotal människor
där, några var officerare några var civila. De som varit där
dagen innan var också där. Alla tittade nyfiket på honom
och sedan tog en av de högre officerarna till orda. "Du har
begärt att bli utlämnad till Sverige där du är efterlyst för
mord och terrorbrott. Om vi utlämnar dig till svenskarna
kommer du att hamna i världens mest exklusiva fängelse
där du har möjlighet att skaffa en gedigen utbildning. Du
kan ge ut en bok om dina äventyr och om fjorton femton år
lämna fängelset och leva ett bra liv, vill du det?" Ali nic-
kade ivrigt. Officeren tog till orda igen, " det vill du säkert
men det vill inte vi och inte våra bröder som ni mördat eller
våra systrar som ni våldtagit, vi har beslutat att du skall av-
rättas på samma sätt som ni avrättat våra soldater. Och vi

skall filma det och lägga ut det på nätet." "Jag kommer att dö som en krigare och hamna i paradiset" sade Ali trotsigt. Du kommer att bli avrättad av en kvinna och det kommer att framgå av filmen vi lägger ut på nätet så du hamnar säkert där du hör hemma, i helvetet. Ali släpades ut på gårdsplanen och tvingades ner på knä av två soldater som höll honom i varje arm. Experten grep tag i hans hår och tvingade huvet bakåt och en kvinnlig soldat med en skarpslipad kniv gick fram till honom. Under tiden filmades allt.

Kapitel 44

Det var dödstyst i polisens konferensrum ett tiotal poliser var samlade däribland rikspolischefen Arvid Lindström och kommissarie Björn Vinblad alla tittade på en storbilds TV som var kopplad till en dator. Det enda som hördes var ett mässande på arabiska från datorn. Ett klipp från Youtube visades. Först såg man två män i militärkläder och en näsduk bunden framför nedre halvan av ansiktet. Mellan sig släpade de en fånge som hade händerna bakbundna, bakgrunden var ett ökenlandskap. Sedan vände man fången mot kameran och tvingade ner honom på knä, kameran gjorde en glidning in mot ansiktet och alla i rummet kände igen Ali Habib som var den efterlysta terroristen. Han stirrade med vidöppna ögon in i kameran och sade något som inte hördes. Ansiktet var blekt och fick den svarta skäggstubben att framträda tydligt, han skrek något igen och denna gång kunde tittarna höra att han sade något om Sweden, skräcken fick hans läppar att darra. En kraftig man utan uniform men med en duk framför nedre ansiktshalvan klev fram bakom Ali och grep tag i hans hår och tvingade huvet bakåt. Nu zoomade kameran ut så man såg en ung kvinna med ryggen mot kameran, även hon hade uniform men håret var uppsatt i en hästsvans. Kameran hängde fast vid henne som för att understryka att det var en kvinna. I handen höll hon en kniv med ett blad som var ungefär fyra decimeter och verkade nyslipad. Hon stannade framför Ali och vände nu så man kunde se henne i profil. Ali skrek något ohörbart, och kvinnan skar av honom halsen med ett kraftfullt snitt, ljudet kunde höras av åskådarna, sedan tog hon ett steg tillbaka för att inte få blod på kläderna. Ali utstötte ett gurglande ljud och föll framåt för soldaterna hade släppt greppet om honom. Han blev liggande framstupa och blod rann ut i sanden. Många av poliserna, som sett det mesta, blev så illa berörda att de fick tårar i ögonen. En yngre polis sade spontant "dom är fan i mig som djur" de andra nickade. Polisen som arbetade i nätspaningsgruppen och som kommit med filmen sade" denna film lades ut på nätet i går på sju olika nätcaféer i Istanbul. Sedan har den delats till olika adresser som i sin tur delat den så den har spridit som ett virus över hela världen, det är för närvarande det mest sedda inslaget på Youtube. De har försökt stoppa den men det kommer från olika källor så det är omöjligt." Arvid tog till orda " jag har sett denna vidriga film flera gånger, det är en svensk som mördats vilket naturligtvis inte är acceptabelt oavsett vad han gjort. Vilka som utför mordet vet vi inte för de har inga märken på uniformerna. Vi tror att det är kurder men som sagt vi har inga bevis. Översättningen från den rabblande rösten säger något om att Ali dömts av Syriens folkdomstol, men någon sådan finns inte så det är säkert bara en dimridå. "Här gör han en paus och tittar alvarligt på sina kolleger och fortsätter; "anledningen till att de så tydligt visar att det är en kvinna som utför mordet är att visa andra muslimer att de inte kommer till paradiset. För vår del kan man säga att attentaten är utredda och Interpol tar över utredningen av det

senaste mordet, men vi skall naturligtvis som vanligt hjälpa
dem."

"NYVAL" stod det med stora bokstäver på Aftonpressens
löpsedel. SD hade begärt nyval och fått med sig M och KDS
och vunnit röstningen i riksstaden med två röster. Anled-
ningen att M gjort en helomvändning då det gällde att sam-
arbeta med SD var att de var rädda att missa tåget. I opin-
ionsmätningar stod det nu klart att svenska folket var trötta
på de etablerade politikerna och M ville satsa på en vin-
nande häst, genom att rösta för nyval skulle socialde-
mokraterna, som hade de sämsta siffrorna någonsin i opi-
nionsmätningarna, förvandlas till tio procents parti. Det
tomrum som då bildades skulle M ta och samtidigt hop-
pades de att få tillbaka många väljare som lämnat M och
gått till SD. På SD,s huvudkontor flödade champagnen och
partiledaren höll ett improviserat tal till sina medarbetare.
"Ni har stått vid min sida när vi var ett hånat "nazist" parti,
det är tack vare er arbetsinsats som vi i dag är där vi är. I
den valrörelse som nu påbörjas skall vi använda alla till
buds stående medel för att vinna". "Även järnrör?" häck-
lade någon och alla inklusive partiordföranden skrattade.

Vi måste nyanställa, sade Emanuel till styrelsen för Afton-
pressen. I den kommande valrörelsen kommer vi att vara
SD,s språkrör, och om de vinner kommer vi att få ett pres-
stöd som gör att vi kan köra över våra konkurrenter. Vi har
helt enkelt satsat på rätt häst så nu är det bara att köra.
Men om SD inte vinner, undrade styrelseordföranden. Finns
inte på kartan sade Emanuel, men om det inträffar är vi i
framtiden där vi var för ett år sedan. Sedan kunde han inte

låta bli att komma med ett citat: "Vad skönare är den
sträng som brast än en båge som aldrig spännes."

På Gröna Jägaren var fredsänglarna samlade alla satt och
körde "arabfilmen" som de kallade avrättningen av Ali.
"Undrar vad det är för lirare som fixar honom" sade Sverre,
"fan dom är ju värre än oss" alla skrattade.

Efterord.

Jag vill tacka alla läsare som har tagit sig tid att läsa boken. Under tiden jag skrivit den, har det politiska klimatet förändrats i Sverige. Man kan säga att folkhemmet har försvunnit och vi har blivit "internationella" med allt vad det innebär. När man skriver en bok så hämtar man uppgifter från TV, tidningar och nätet. Ofta besöker man också platserna man skriver om för att känna atmosfären.

En sak som slagit mig är om vi verkligen har en fri press? Intrycket jag fått är att alla journalister verka gå i politikernas ledband. De flesta uppgifterna jag behövt har jag funnit på nätet. Så kära läsare kontrollera det ni läser i tidningarna för det mörkas och ljuges mycket. Nätet är tydligen inte lika enkelt att styra för våran maktelit.

Bo Hansson / Författaren